ROMANS HISTORIQUES

DE

C. F. VAN DER VELDE,

TRADUITS DE L'ALLEMAND, ET PRÉCÉDÉS DE NOTICES,

PAR A. LOÈVE-VEIMARS.

PAUL DE LASCARIS,

OU

LE CHEVALIER DE MALTE.

ASMUND

THYRSKLINGURSON.

GUNIMA.

IMPRIMÉ CHEZ PAUL RENOUARD,
RUE GARENCIÈRE, N° 5.

PAUL

DE LASCARIS,

OU

LE CHEVALIER DE MALTE,

PAR

C. F. Van der Velde.

TOME SECOND.

A leurs mâts, sur les mers, flottait la blanche croix,
Et le Turc effrayé se cachait à leur voix.

PROLOGUE DU CHEVALIER.

DEUXIÈME ÉDITION.

A PARIS,

CHEZ JULES RENOUARD, LIBRAIRE,

RUE DE TOURNON, N° 6;

ET CHEZ Ch. GOSSELIN, LIB DE S. A. R. Mgr. LE DUC DE BORDEAUX,
RUE SAINT-GERMAIN-DES-PRÈS, N° 9.

M. DCCC. XXVIII.

PAUL DE LASCARIS,

ou

LE CHEVALIER DE MALTE.

~~~~~~

CHAPITRE PREMIER.

——————

Le jour suivant, Flamming, équipé en chevalier, la damaltique de Malte par-dessus sa cuirasse, se trouvait dans la citadelle de Cérigo qu'il avait emportée d'assaut dans la nuit. Il se tenait auprès d'une fenêtre de la grand'salle, écoutant avec attention le grondement du canon qui ébranlait les airs de moment en moment, dans la direction du sud-ouest, lorsque Paolo s'approcha de lui, cherchant en vain à dissimuler l'orage qui se peignait sur ses traits.

II.   1

— J'ai quelque chose d'une grande importance à vous communiquer, sire chevalier, lui dit-il d'une voix qu'il s'efforçait de rendre calme. Ayez donc la bonté de m'écouter patiemment, et de ne pas m'interrompre avec votre violence ordinaire. Vous direz et vous ferez ensuite ce qui vous semblera convenable.

— Parlez, Paolo, répondit Flamming surpris de ce début, et il l'écouta appuyé sur le pommeau de son épée.

— Nous aimons tous deux la belle Sciotine, dit Paolo. Comme toujours, lorsqu'un destin ennemi nous a rendus rivaux, vous l'avez emporté sur moi. Dionée vous aime avec une ardeur qu'elle a laissé éclater hier en se séparant de vous. Mais vos sermens vous empêchent d'en faire votre épouse, et, pour votre maîtresse, j'espère que vous ne sauriez nourrir cette idée. Pour moi, je suis libre et je compte m'unir à elle aujourd'hui même. Je suis certain que mon père adoptif approuvera mon mariage; car il veut mon bonheur. Mais je desire que vous me promettiez d'abandonner vos prétentions sur Dionée, qui sont d'ailleurs en opposition avec les saintes lois de l'Ordre. Si vous consentez à m'engager votre foi de gentilhomme et de chevalier de Saint-Jean, que vous respecterez vos vœux, je jure d'être votre ami jusqu'au tombeau, sinon que Dieu juge entre nous par l'épée; car je ne puis vivre sans Dionée, et je préférerais tous les tourmens de l'enfer à vous savoir en possession de son cœur!

— Remerciez ma propre expérience, qui m'a appris que l'amour prive de la raison, et surtout le respect que je porte à notre noble Grand-Maître, si je ne vous réponds comme vous le méritez, Paolo, reprit Flamming; ainsi, je ne vous le dis que comme un avis salutaire, il ne convient pas que j'écoute le défi d'un page qui doit gagner ses premiers éperons sous moi, encore moins a-t-il le droit de m'adresser des remontrances, fût-il le neveu du Saint-Père. Je n'ai pas à renoncer à mes prétentions sur Dionée, car je n'en ai point sur elle; et, quant à respecter la

femme d'un autre, je n'ai pas besoin de
donner ma parole de chevalier de le faire;
car ce serait manquer à l'honneur, et je n'ai
encore donné lieu à personne de m'accuser de félonie. Si, après ces déclarations,
il vous reste encore quelque envie de me
défier, allez m'attendre dans la ruelle de
Malte. Je commande ici pour le service de
l'Ordre, et, si vous osez méconnaître mon
autorité, le cachot me répondra de votre
obéissance.

— Vous le voulez! s'écria Paolo plein
de rage; vous répondrez des suites. A ces
mots, il s'échappa, et le vieux Wulf vint
demander ce qu'il fallait faire du Grec qui
avait été pris la veille avec les Turcs dans
la ville de Lambro, et qui avait été renfermé dans la citadelle.

— Quel Grec? demanda Flamming.

— Il est là-dehors, dit Wulf en ouvrant là porte; Léontaras, blême et tremblant d'effroi entra dans la salle, et,
reconnaissant dans le chevalier de Malte,
le marchand de Hambourg, il vint se jeter
à ses genoux en lui demandant grâce.

— Vous n'avez pas été arrêté par mon ordre, répondit Flamming avec calme. Le chrétien qui trahit ses frères pour des infidèles, a sans doute mérité là mort; car c'est à des misérables de cette espèce que ce malheureux pays doit sa servitude; mais mon mépris vous préserve de ma colère; vous êtes libre, et vous quitterez avant une heure cette île, où je ne dois pas souffrir d'espion des Turcs. Veille à cela, Wulf.

Flamming lui fit signe de s'éloigner, et lorsqu'il fut seul, ses regards s'abaissèrent douloureusement sur la croix de sa dalmatique, et il demeura plongé dans ses tristes réflexions.

~~~~~~

CHAPITRE II.

Vers le commencement de la nuit, Flamming se retrouva près de la croisée de la grand'salle, écoutant, les yeux fixés sur la mer, le grondement éloigné du canon, pensant de temps en temps à Dionée, et s'épuisant en conjectures sur une clarté douteuse qui s'élevait à l'horizon vers le sud-ouest où il était impossible que la lune se levât.

Wulf entra. — Les deux officiers de janissaires que nous avons faits prisonniers, dit-il, demandent à parler au commandant, pour traiter avec lui de leur rançon.

— Fais-les entrer, dit Flamming.

Les deux Baschis furent introduits dans la salle, par la garde, et leur étonnement fut extrême en retrouvant dans le nouveau commandant de l'île une ancienne connaissance.

— N'avais-je pas raison, ami? dit Flamming au Thorbaschi : on n'a pas à rougir d'être prisonnier de l'ordre de Malte.

— Si je n'étais pas prisonnier, répliqua celui-ci, je pourrais te répondre.

— Qui t'empêche! parle! s'écria Flamming.

— Je m'en garderai bien, dit le Turc. Ne suis-je pas en ta puissance? Si mes discours te déplaisaient, je courrais de grands risques.

— Fi donc! s'écria Flamming, c'est là votre usage, mais non pas le nôtre. Parle sans crainte, un prisonnier ne saurait m'offenser.

— Sache donc, lui dit le Turc, que ma captivité te couvrira de honte. Tu as abusé de ma longanimité, du goût que je prenais à ta personne, pour me dérober ma confiance et me tromper avec une rare au-

dace. Ce n'est pas ainsi qu'agit un véritable
homme d'épée, et cela vous convient
moins qu'à tout autre, vous moines-che-
valiers qui parlez tant de scrupules et de
loyauté. Nous ne combattons pas avec de
semblables armes, nous autres Turcs, et
tu dois aussi peu te glorifier de ta victoire
que la maudite femme juive, qui empoi-
sonna notre divin Prophète, pouvait le
faire de son meurtre.

—Mon Ordre m'avait prescrit cette conduite, répondit Flamming un peu embarrassé, et il ne m'était pas permis de choisir
mon rôle; d'ailleurs, ces ruses sont per-
mises et usitées dans les guerres. Mais une
voix secrète me dit que tes reproches ne
sont pas entièrement injustes; aussi me
vois-tu prêt à te donner toutes les satis-
factions que tu pourras raisonnablement
exiger.

— Eh bien! rends-moi libre! s'écria
vivement le Thorbaschi.

— Je ne puis te rendre la liberté, répondit Flamming; tu es prisonnier de
l'Ordre, et c'est à mes supérieurs à décider

de ton sort. Mais pour ce qui dépend de moi, tu me trouveras disposé à le faire, et je suis prêt à me battre avec toi.

Sur un signe que fit le chevalier, on apporta un sabre au Thorbaschi.

— Comment l'entends-tu ? lui dit celui-ci étonné.

— Tu t'es plains de moi personnellement, répondit Flamming, et je veux t'en rendre raison en exposant ma personne contre toi. Si je succombe, mes soldats attesteront que tout s'est passé selon les lois de la chevalerie, et je t'engage mon honneur que tu n'auras rien à craindre de la part de mes frères.

— C'est donc un combat singulier que tu me proposes, s'écria le Thorbaschi. Non, Franc; ce fol usage est bon entre vous autres chrétiens, les vrais croyans ne connaissent rien de tout cela, et il faudrait que je fusse entièrement fou, si, parce que tu m'as trompé, je m'exposais encore à ce que tu m'abattisses la tête.

Il rendit le sabre à Flamming, et celui-ci le présenta à l'Odabaschi qui avait gardé jusque-là le silence. — Et toi, as-tu aussi à te plaindre de moi, lui dit-il. Faudra-t-il que nous mesurions nos lames?

— Je sais déjà comme tu manies la tienne, murmura l'Odabaschi: grand merci de l'honneur!

— Vous n'entendez rien aux lois de l'honneur, leur dit Flamming; retournez à votre prison, et gardez-vous de vous faire justice.

Au moment où l'on emmenait les Turcs, le chevalier de Montauban, complètement armé, entra dans la salle. — J'apporte de mauvaises nouvelles, dit-il à Flamming en l'embrassant.

— Ciel! s'écria le jeune homme, notre plan, si bien concerté, serait-il manqué?

— Ruiné de fond en comble, répondit le Français. Le Grand-Hospitalier ignorait que l'armée de siège avait reçu de nombreux renforts, et un misérable espion a trahi nos projets.

— Et mes dépêches? demanda Flamming.

— Elles sont arrivées en même temps

que nous à Candie, lorsque le Grand-Bailli avait déjà commencé son attaque; elles nous ont servi à faire passer des hommes frais à Suda et à nous retirer la peau sauve, ce dont nous devons une grande reconnaissance à Saint-Jean, car les Turcs étaient en forces considérables. L'affaire a été chaude. Ces maladroits bombardiers turcs ont enfin visé juste, et vous pouvez voir Candie brûler là-bas.

—Et quels ordres m'apportez-vous? dit Flamming.

—Il faut que vous fassiez pendre les Turcs que vous avez faits prisonniers, dit tranquillement Montauban; que vous fassiez sauter vivement la citadelle, et que vous rejoigniez la flottille du grand-amiral devant Cérigotto, avec tout le butin que vous pourrez rassembler. Si vous ne pouvez la retrouver, il vous est enjoint de faire voile directement pour Malte.

—Les Turcs se sont rendus prisonniers de guerre, dit Flamming d'une voix sombre; il ne saurait donc être question de leur mort.

—C'est un procédé par trop délicat pour ces chiens d'infidèles, dit Montauban.

—Et si j'avais donné ma parole au diable, je la lui tiendrais, s'écria Flamming avec chaleur.

— Avez-vous fait beaucoup de butin? demanda Montauban détournant la question.

— On a trouvé peu de chose dans la citadelle, et il n'existe pas de propriétés turques dans l'île, répondit Flamming.

— Il faut alors imposer une petite contribution de guerre aux Grecs les plus riches, dit le Français en se frottant les mains.

— Opprimer nos coréligionnaires sur lesquels pèse déjà un joug si pesant! vous n'y pensez pas, sire chevalier?

— Si brave, si adroit, et si timide! dit Montauban en riant. Pardieu! on voit bien que vous êtes encore neuf au métier. Cela viendra avec le temps!

—Que Dieu m'en préserve jamais! s'écria le jeune homme.

— Comme vous voudrez, dit Montauban; vous commandez ici, c'est à vous d'agir comme vous l'entendrez. Vous m'hébergerez cette nuit; et demain nous ferons voile ensemble pour Cérigotto.

— Je viens vous annoncer, sire chevalier, dit le vieux Wulf qui accourait, que messire Paolo, accompagné de quelques soldats, vient de porter une jeune femme dans une cabane de pêcheur sur la côte. Il m'a donné cette bourse pour lui fréter une barque qui doit le transporter cette nuit même à Cérigotto; j'ai voulu vous prévenir avant que de remplir son message.

— Une femme! s'écria Flamming frappé d'un vague pressentiment. Il s'élança hors de la salle : Montauban et Wulf le suivirent; et bientôt ils parvinrent tous trois à la hutte du pêcheur, devant laquelle se trouvait un soldat en sentinelle. Il se retira respectueusement en reconnaissant le chevalier; et Flamming pénétra, avec ceux qui l'accompagnaient, dans la cabane. Ils distinguèrent avec peine, à la clarté dou-

teuse d'une lampe, une jeune fille d'une
pâleur extrême, s'efforçant de se défendre
contre les attaques de Paolo qui, les yeux
ardens et le teint animé, proférait mille
menaces.

— Dionée! s'écria Flamming en se précipitant vers elle. Est-ce là la manière
dont vous comptiez gagner le cœur de
cette jeune fille, Paolo? ajouta-t-il d'une
voix terrible; c'est peut-être ainsi qu'on
en use parmi vos compatriotes, mais non
chez les chrétiens. Remettez votre épée à
Wulf, et rendez-vous prisonnier au vaisseau. Je vous ferai juger dans un conseil
de guerre.

— Je te remercie de cette haine ouverte,
Flamming! s'écria Paolo. Tu veux ma mort?
Je mourrai content, si tu me précèdes dans
la tombe. A ces mots, il se jeta, un poignard à la main, sur Flamming; mais Wulf
le désarma en un clin-d'œil, et l'entraîna,
avec le secours du soldat, vers le vaisseau.
Montauban le suivit, et Flamming demeura seul dans la cabane avec Dionée
qui se jeta en gémissant à ses pieds.

— Lève-toi, Dionée ! s'écria-t-il ; et il pressa contre son armure la jeune fille effrayée.

— Dieu ! c'est sa voix ! s'écria la jeune Grecque ; elle le regarda une seconde fois, et ses regards se portant sur la croix de sa dalmatique, elle se cacha les yeux de ses jolies mains, comme pour éviter la lumière de l'horrible vérité ; et s'écria en pleurant : — Homme perfide, vous m'avez trompée ! Ah ! que cette croix n'a-t-elle aussi préservé la pauvre Dionée contre vos séductions.....

Flamming baissa les yeux en rougissant, à-la-fois charmé et confus de la tendresse de ces reproches. — Dionée, dit-il, vous ne pouvez rester ici. Permettez que je vous conduise au château ; vous y demeurerez sous la sauvegarde de mon respect, jusqu'à ce que le jour me permette de vous remettre à vos parens.

Dionée le regarda d'un air défiant. — La femme du pêcheur pourra-t-elle me suivre ? lui dit-elle.

— Cette défiance m'afflige, dit Flamming ; mais je dois vous obéir. Ils gagnè-
rent la citadelle, suivis de la vieille habi-
tante de la chaumière.

~~~~~~

CHAPITRE III.

———

Agité par mille sentimens divers, et
accablé de fatigue, Flamming avait été
long-temps sans pouvoir trouver le sommeil; mais il s'était enfin endormi profondément, lorsque de tristes songes vinrent
s'emparer de son âme. Il lui semblait qu'il
était enchaîné, et que tous ses ennemis,
le Thorbaschi, le receveur, Léontaras et
l'Odabaschi, l'entouraient avec des ris mo-
queurs. Il se réveilla, l'esprit encore occupé de ce pénible rêve, et se disposa à
quitter aussitôt sa couche; mais un obstacle douloureux s'opposa à ses efforts.
Flamming ouvrit les yeux avec effroi, et

s'aperçut que ce qu'il prenait pour un rêve, n'était que la fâcheuse réalité. Ses ennemis étaient tous assemblés autour de lui, et le bruit des armes, ainsi que des coups de fusils répétés retentissaient au-dehors.

En vain Flamming voulut-il se débarrasser de ses liens; le Thorbaschi, qui riait de sa vaine fureur, s'approcha de lui, et lui frappant le front du doigt: — Ne vois-tu pas, rusé giaour, lui dit-il, que tu es maintenant notre prisonnier?

— C'est une trahison! s'écria Flamming bouillant de colère.

— Nommez cela comme vous voudrez, sire chevalier, dit Léontaras. Vous m'avez accordé hier ma liberté d'une façon si honorable et si amicale, que je ne pouvais faire moins que d'aller chercher, à Cérigotto, une galère du Capoudan-Pascha, et d'amener à la citadelle le reste de l'oda du commandant, par un chemin secret. Cette déconvenue peut vous servir de leçon. Quand vous ferez grâce à un ennemi faites-le de manière à gagner sa reconnaissance; autrement, mieux vaudrait le détruire : une grâce qu'accompagne le mépris est plus qu'une offense.

— Voyez donc ce sot Grec qui perd son temps à instruire un homme qui, dans une heure, ne sera plus parmi les vivans, dit le Thorbaschi.

— Quoi ! ce chien qui nous a tous trompés vivrait encore une heure ! s'écria l'Odabaschi mécontent.

— Personne n'a plus à se plaindre de lui que moi, reprit Léontaras. Il a enlevé ma fiancée de la maison de Lambro Canzoni, et elle doit se trouver dans la citadelle.

— A quoi bon tous ces petits comptes ? dit le receveur. Nous n'avons qu'à mettre tout ensemble, à tirer une raie rouge sous le total, et l'affaire sera expédiée.

Un baïractar de l'oda entra en ce moment, et annonça qu'une grande partie de la garnison, ayant un chevalier à sa tête, avait gagné le port, et s'était réfugiée sur le vaisseau chrétien.

— C'est votre maudite idée de prendre ce giaour pendant son sommeil, qui est la cause de tout ceci, s'écria le Thorbaschi frappant la terre du pied avec colère. Si la galère était entrée, dès son arrivée, dans le port, il ne se serait pas échappé une fourmi.

—Qu'importe, dit l'Odabaschi, le principal était de le tenir ; car, sans cela, nous n'aurions jamais remporté la victoire.

— Mes frères d'armes sont sauvés ! s'écria Flamming plein de joie ; je ne crains plus rien pour moi.

Tout-à-coup on entendit retentir au-dehors une voix de femme, dont les accens, qui exprimaient la terreur, devenaient à chaque instant plus distincts ; elle laissait échapper ces mots : — Flamming ! Flamming ! sauve-toi !... les ennemis sont partout ! et Dionée se précipita dans la salle. L'Odabaschi se saisit aussitôt d'elle, comme le tigre d'une gazelle, et la belle Grecque, apercevant le chevalier enchaîné, tomba évanouie dans les bras de son ravisseur.

Léontaras s'approcha vivement de l'Odabaschi : — Arrêtez ! lui dit-il d'une voix tremblante, cette fille est ma fiancée.

—Qu'elle soit ce qu'elle voudra, s'écria le Turc; elle est à moi maintenant. C'est pour elle que ce giaour m'a maltraité; et il faut, avant qu'il ait quitté ce monde, qu'il me voie dans ses bras. Après cela, tu pourras l'épouser si tu veux.

—Je réclame la promesse que tu m'as faite lorsque je t'ai délivré de ta prison, Thorbaschi! s'écria Léontaras, dont la frayeur croissait avec la rage; mais le Thorbaschi lui tourna le dos.

—Tu es bien stupide, lui dit le receveur, d'imaginer qu'un Thorbaschi prisonnier et un Thorbaschi libre ne sont pas deux personnes différentes; le second n'est nullement obligé de tenir les promesses du premier.

—Ainsi, on m'a trompé, dit Léontaras en grinçant des dents. Malédiction sur ma folie! Mais, dût-il m'en coûter la vie, je ne céderai pas Dionée à ces barbares!

A ces mots, rassemblant toute sa résolution, il se jeta sur l'Odabaschi, le renversa d'un coup dans la poitrine, et lui arrachant la jeune fille évanouie, il la prit dans ses bras et gagna la porte de la salle. Mais le Turc se releva plus promptement qu'il ne l'avait espéré, porta la main sur sa ceinture, et poursuivit le Grec son handjar à la main. Celui-ci ne tarda pas à tomber sur le seuil de la porte avec son charmant fardeau, qu'il couvrit de sang.

—Que se passe-t-il ici? s'écria une voix tonnante; et un Turc, richement vêtu, parut tout-à-coup. Sa main gauche reposait sur la poignée de son sabre, enrichie de pierreries, et sa droite jouait avec les cordons de son tespi, dont les boules, symbole des différens noms de Dieu, étaient autant de grosses perles. Un lion, auquel les dents avaient été limées, était à ses côtés : derrière lui, se montrait une troupe en armes.

— Le Capoudan-Pascha! s'écrient tous les Turcs effrayés, en se prosternant jusqu'à terre.

—Qui a frappé cet homme? demanda le Capoudan d'une voix sombre, en montrant Léontaras, qui rendait le dernier soupir. Tous gardèrent le silence. L'amiral se baissa, arracha le handjar de la blessure du mourant, et ses regards, parcourant tout le cercle, s'arrêtèrent sur le fourreau vide qui pendait à la ceinture de l'Odabaschi.

— C'est toi! s'écria-t-il avec fureur : quels étaient tes motifs?

Les Turcs gardèrent de nouveau le silence; mais Flamming, se soulevant sur sa couche, lui cria : — L'Odabaschi voulait faire violence à cette fille, et ce Grec la sauver.

— Qui parle là? demanda le Capoudan-Pascha, et il s'approcha de Flamming.

— Le chevalier de Saint-Jean, Paul de Flamming, répondit celui-ci avec orgueil.

— Un chevalier de Saint-Jean? s'écria le Capoudan-Pascha. Je viens d'apprendre à les connaître. Ce sont de braves guerriers, avec lesquels il y a plaisir à se battre. Qui t'a lié de la sorte?

— Ces Turcs, répondit Flamming; ils m'ont surpris dans le sommeil.

— Ce sont là de vos faits d'armes à vous

autres musulmans, s'écria le Pascha irrité;
qu'on détache ce chevalier.

Les Turcs obéirent.

—Vous avez commis mille rapines, leur
cria-t-il d'une voix terrible, et compromis
mon autorité dans cette île; et tandis que
vous ne songiez qu'à exercer vos exactions
sur des gens sans armes, vous laissiez
échapper un navire rempli de chrétiens
armés. Conduisez ces hommes en prison,
dit-il à sa suite. Je prononcerai aujourd'hui
sur leur sort.

Les chaînes de Flamming tombèrent, et
il s'approcha du Capoudan-Pascha, tandis
que les janissaires emmenaient les deux
Baschis, et que l'on emportait le corps de
Léontaras.

—Je te remercie de ta clémence, lui
dit-il, et je te prie de fixer ma rançon.

—Ta demande est prématurée, répondit
le Capoudan-Pascha; et l'examinant avec
complaisance : On ne laisse pas aller des
jeunes gens comme toi, surtout dans une
guerre où à peine une main est détachée,
qu'elle empoigne de nouveau le sabre. Dès

que Candie sera prise, je t'emmenerai à Stamboul, et je te présenterai au Grand-Seigneur, pour qu'il voie à quels gens nous avions affaire. Jusque-là, tu demeureras à ma suite.

— Renvoie du moins cette jeune fille à son parent, le Grec Lambro Canzoni de Cérigo, à qui elle a été enlevée, dit d'un ton suppliant Flamming, en montrant Dionée qui tomba à genoux.

— Cette fille? s'écria le Capoudan-Pascha en l'examinant avec un œil de connaisseur; non, elle est belle; je la garde pour mon harem.

— Grand Capoudan-Pascha, dit Dionée d'une voix touchante, que la frayeur rendait moins timide, tu as montré déjà tant de noblesse; achève ton ouvrage, renvoie-moi à mes parens : je prierai Dieu tous les jours qu'il te couronne de joie et de bonheur, et te donne la victoire sur tes ennemis.

— Les prières des infidèles ne sont pas des prières, mais des erreurs, répondu gravement le Pascha en citant un passage

II. 3

du Coran. Il fit un signe, et plusieurs esclaves accoururent, portant des coussins
brodés d'or et de soie. Il prit place, porta
à sa bouche la pipe qu'on lui présenta, et
se mit à fumer assez long-temps avec un
grand calme, sans que sa suite osât troubler le silence par le plus léger soupir. Le
lion, couché à ses pieds, ronflait paisiblement.

L'Aga qui avait emmené les prisonniers, revint parler à l'oreille de son maître.
Pour toute réponse, le Capoudan-Pascha
secoua négativement la tête, et fit de la
main un léger mouvement horizontal de
gauche à droite. L'Aga se prosterna profondément, croisa ses bras sur sa poitrine,
porta l'une de ses mains à son turban en
signe d'obéissance, et quitta la salle.

Quelques momens après, on entendit
retentir au-dehors l'ezann de l'iman, qui
suivait en tous lieux le dévôt Pascha; il
appelait à la prière du lever du jour : —
Oh! grand Dieu! disait-il, il n'est pas d'autre dieu que Dieu, et Mahomet est son
prophète! Venez à la prière, venez au

temple du salut; prier est meilleur que dormir. Dieu est grand, et il n'est pas d'autre dieu qu'Allah!

Le Capoudán-Pascha déposa aussitôt sa pipe et se leva. Un esclave lui présenta un vase d'or, orné de pierres précieuses, tandis qu'un autre lui versait de l'eau sur les mains, d'une aiguière du même métal. Le musulman fit ponctuellement le nombre d'ablutions légales, depuis l'index jusqu'au coude, et se retira dans un cabinet voisin, pour y dire solitairement son ricat. Aucun de ses serviteurs n'osa le suivre; le lion seul se leva, et le rejoignit lentement.

CHAPITRE IV.

— MA dernière espérance est donc éteinte, dit tristement Flamming en jetant un regard plein de pitié et d'amour sur la pauvre Dionée. Celle-ci était restée à genoux, les mains jointes, ses beaux yeux inondés de larmes, et le sein agité par une inquiétude cruelle. — Que fais-je? s'écriat-il tout-à-coup avec une fureur concentrée; je pourrais exterminer ce Turc, et me faire déchirer par ces barbares; mais que deviendrait la pauvre Dionée, qui perdrait en moi son protecteur! Ah! la mort semble redoutable, lorsqu'il faut abandonner un objet chéri. Si mon cœur

était libre, je renoncerais à la vie plutôt
que de me laisser honteusement traîner
comme esclave dans la superbe Constan-
tinople.

—Ullaloh! ullaloh! entendit-on retentir
devant la porte de la salle, avec des mugissemens aigus, assez semblables à ceux
d'un troupeau de chacals. Place, place
aux saints derviches! s'écriait la suite du
Pascha, en se reculant respectueusement
devant trois visages jaunâtres, terminés
d'un côté par de hauts bonnets pointus,
et de l'autre par de longues barbes noires.
Ils s'avancèrent hardiment jusqu'aux riches coussins du Pascha, s'y assirent sans
façon et attendirent son retour.

Il parut enfin, accompagné de son lion.
Les derviches se levèrent, le saluèrent
solennellement, et l'un d'eux commença
une danse sacrée, en pivotant avec une
rapidité extraordinaire sur un de ses pieds,
de manière à ce que sa longue robe, gon-
flée par l'air qu'il agitait, formât un énorme
volume, tandis que les deux autres l'accompagnaient en battant la mesure, et en

répétant un chant discord. Le lion ne parut pas prendre goût à ce spectacle. Il frappa de ses griffes le plancher de la salle d'une telle force, qu'il en fit voler les éclats, et ses rugissemens firent retentir la voûte. Mais le Pascha, qui contemplait avec dévotion cette danse religieuse, posa sa main sur la tête de l'animal, qui se coucha aussitôt à ses pieds.

Cependant l'un des derviches s'était approché du lion avec précaution, et lui avait offert une pièce de viande. L'animal l'engloutit avec voracité, et quelques momens après il bâilla, étendit ses larges pattes et mourut.

— Que vois-je! s'écria le Pascha, et son cimeterre brilla au-dessus de la tête du derviche. Mais aussitôt le second de ces religieux, tirant un poignard de sa robe, le frappa si vigoureusement, qu'il retomba sur les coussins de soie inondés de son sang.

— Vengez ma mort! s'écria le Pascha expirant; et vingt sabres furent aussitôt tirés pour obéir à ses dernières paroles.

— Arrêtez! s'écria le meurtrier, tenant dans une main le poignard sanglant, et levant de l'autre un parchemin revêtu d'un large sceau; arrêtez, au nom du Grand-Seigneur! Le Capoudan-Pascha a été exécuté par son ordre : voici le hatti-schérif de l'ombre de Dieu *! Je suis le Capidschi-Baschi.

— Le Capidschi-Baschi! murmurèrent quelques-uns de la suite, en s'éloignant avec terreur de cet homme redoutable. Mais les plus hardis s'écrièrent avec colère : — Malheur au Padischa qui fait périr sans ordre de l'uléma, le plus brave pascha de l'armée! et leurs sabres le menacèrent de nouveau.

— Le Padischa a consulté l'uléma! s'écria le Capidschi-Baschi : voici le feftah du mufti.

— Lis-le, si tu veux qu'on te croie, s'écria l'Aga des janissaires. Le Capidschi-Baschi lui tendit le second parchemin, et l'Aga lut :

* *Zill Ullah*, un des surnoms du Grand-Seigneur.

« Que doit-il arriver au pascha qui, par
« lâcheté ou trahison, laissé une impor-
« tante forteresse dans les mains des infi-
« dèles, méprise les ordres de la Porte, et
« porte, par orgueil, une fourrure de re-
« nard noir, ce qui n'appartient qu'au
« Grand-Seigneur ?

« Qu'il meure ! que sa voix s'éteigne
« dans la communauté des fidèles, car Al-
« lah est tout-puissant !

« Le pauvre émir,

« MAHMOUD ABDALLAH. »

Un silence profond régna dans toute
l'assemblée. L'Aga baisa respectueusement
cet arrêt de mort, le rendit au Capidschi-
Baschi, remit son sabre dans le fourreau,
et dit : — Qu'Allah soit loué, ainsi que son
prophète Mahomet et son ministre visible
sur la terre, le Grand-Seigneur ! Te plaît-il,
très puissant Capidschi-Baschi, de recevoir
les trésors du criminel condamné pour
les remettre dans les caisses impériales,
ton esclave est prêt à te les livrer.

Le Capidschi-Baschi baissa la tête en signe d'adhésion, et sortit majestueusement. L'Aga et la suite du Capoudan-Pascha sortirent avec lui.

Flamming et Dionée demeurèrent auprès du général expirant et du cadavre de son dernier ami, le lion fidèle. Le Capoudan-Pascha s'efforça de se relever, plaça sa main gauche devant sa plaie saignante, et de la droite, fit signe au jeune homme d'approcher.

—Ote cet anneau de mon doigt, chrétien, lui dit-il en balbutiant, conserve-le en souvenir d'un homme qui te voulait du bien ,..... et retourne dans ta patrie. Ton bras vaillant me vengera de ces despotes...... qui récompensent de loyaux services par des coups de poignard.....

Flamming prit l'anneau, sur lequel étincelaient des diamans d'une grosseur démesurée, et lui demanda avec émotion : — Infortuné, ne puis-je rien pour toi ?

—Tourne-moi la tête vers la Mecque, dit l'agonisant avec un râlement pénible, en rassemblant ses dernières forces pour montrer du doigt la partie du ciel sous laquelle se trouve la Sainte-Caaba.

Flamming obéit. Le Capoudan-Pascha le regarda encore une fois d'un air reconnaissant, retomba sur les coussins, ferma les yeux, et mourut.

Le vieux Lambro Canzoni arriva dans la salle, au moment où il rendait le dernier soupir.

—Les saints soient bénis! je vous trouve enfin, dit-il; suivez-moi promptement; je sais un moyen de vous sauver.

Il entraîna Flamming et Dionée dans une salle voisine, ouvrit une porte cachée, et leur fit descendre quelques marches de pierre.

—Ne craignez-vous pas que nous rencontrions nos ennemis mortels, les deux baschis, que la mort du Capoudan-Pascha aura sans doute délivrés? demanda Flamming, craignant le danger une fois en sa vie, parce qu'il ne songeait qu'au salut de Dionée.

—Les malheureux ont vécu, répondit Lambro. Quand on les emmena dans la prison, les janissaires murmurèrent, et menacèrent de les délivrer. La chose ayant été rapportée au Pascha, il les fit décapiter sur l'heure. Leurs têtes sont déjà plantées sur la porte de la citadelle.

Flamming, saisi d'horreur, garda le silence. Ils s'avançaient toujours dans la galerie souterreine. Bientôt ils revirent la lumière du jour; ils se trouvaient dans une caverne, placée sur le bord de la mer, à l'entrée d'une petite anse. Une corvette s'y trouvait à l'ancre.

— Ce bâtiment porte pavillon génois, dit Lambro, c'est le seul que les Turcs respectent en ce moment. Votre passage est déjà payé auprès du patron; il vous conduira en Sicile, et vous débarquera à Noto, d'où vous pourrez facilement regagner Malte.

— Que Dieu vous récompense, s'écria Flamming surpris. Voici ce qui s'appelle secourir dans le danger, mon vieil ami. Je n'ai rien à vous donner en échange d'un si grand service, que cet anneau: prenezle en signe de ma reconnaissance, et en souvenir de votre généreuse action.

—Vous ne savez pas ce que vous m'offrez, sire chevalier, dit Lambro en repoussant le présent que Flamming voulait lui faire. Avec chaque pierre de cet anneau, vous pourriez acheter une comté d'Allemagne. Mais ce n'est pas avec des présens que l'on récompense Canzoni d'avoir fait son devoir de chrétien ; si vous vous croyez mon débiteur, acquittez-vous par la fidèle protection que vous accorderez à la pauvre fille de ma sœur.

— Quoi! Dionée m'accompagne ? demanda Flamming étonné.

—Je n'y consens qu'à regret, répondit Lambro avec franchise ; mais je cède à la nécessité. Dionée est belle, elle a joué un rôle trop important dans les évènemens de cette journée, pour ne pas attirer les regards des Turcs. Elle est aussi peu en sûreté ici qu'à Chios. Je la confie à votre honneur de chevalier, et je suis sûr que vous ne trahirez pas ma confiance.

—Non, je ne la trahirai pas, mon père, s'écria Flamming ému, en serrant affectueusement la main que lui offrait le vieux Grec. — Adieu! vis heureux!..... Viens, Dionée; viens, ma sœur!

Et il gagna le vaisseau d'un pas rapide, emmenant la jeune fille baignée de larmes. Le vieux Lambro, demeuré seul, fit le signe de la croix, et s'écria avec ferveur:

— Que le bon Dieu vous bénisse, et que son ange gardien protège votre fuite!

CHAPITRE V.

A son retour à Malte, Flamming trouva
dans son cabinet le Grand-Maître, pâle,
amaigri et le visage sillonné par des soucis
rongeurs. Le vieillard le regarda d'un œil
éteint, et lui dit d'une voix sévère : —
L'Ordre vous est redevable de ce que vous
avez fait à Cérigo ; mais vous avez à vous
justifier d'une accusation grave avant qu'il
soit question de récompense.

— Je reconnais, à cet accueil sévère, la
main de mon ennemi Paolo, répliqua Flamming ; mais je prie Votre Altesse d'écouter
le chevalier de Montauban avant que de
me condamner ; il fut témoin du dernier
attentat de ce misérable incorrigible.

— Comment peux-tu te montrer si cruel, Paul, dit le Grand-Maître douloureusement affecté. Je te pardonne, car tu ne soupçonnes pas à quel point tu déchires mon cœur. J'ai entendu Montauban, et Paolo gémit dans un cachot. Mais ses attentats ne vous justifient pas d'avoir vécu publiquement avec une jeune Grecque que vous avez enlevée, ajouta sévèrement Lascaris. Qu'est devenue cette fille infortunée ?

— Elle est ici, répondit Flamming avec calme.

— Ici ! s'écria le Grand-Maître plein de colère, et vous osez me le dire ! Je puis pardonner des faiblesses humaines ; mais l'audace du coupable provoque ma justice.

— Le calme de mon âme doit vous prouver mon innocence, dit Flamming. Accordez-moi quelques momens d'attention, et je vous prouverai que je n'ai pas mérité ces cruels reproches.

— Parle donc, mon fils, dit le Grand-Maître d'une voix faible, et que Dieu permette que je puisse te pardonner.

Et Flamming raconta, avec toute la force que donne la vérité, ce qui lui était arrivé.

— Et quels sont tes desseins maintenant ? demanda le Grand-Maître, qui avait écouté ce récit avec une émotion visible.

— Je ferai mon devoir, répondit Flamming ; il m'ordonne de renoncer à Dionée, de souffrir et de mourir.

— Pour me prouver que cette résolution est sérieuse, chevalier, dit tout-à-coup le Grand-Maître avec une froideur glaciale, je vous ordonne de conduire sur l'heure cette jeune fille dans le monastère des Joannites de Saint-Jean, et j'exige votre parole que vous ne lui parlerez, que vous ne lui écrirez, et que vous ne la verrez pas, sans ma permission.

Flamming joignit les mains effrayé, et regarda quelques momens, d'un air de douleur, ce vieillard inflexible. Puis s'approchant lentement : — Je promets de vous obéir, dit-il. A ces mots, il posa sa main dans celle du Grand-Maître, la baisa,

et s'éloigna, après s'être incliné avec respect.

—Cette épreuve a été cruelle, dit Lascaris; mais l'or me semble pur. Dieu de
pitié, fais que je le rende heureux!

CHAPITRE VI.

FLAMMING revenait, par une soirée sombre, du monastère des Joannites, où il
avait déposé l'inconsolable Dionée, et re-
prenait la route du palais du Grand-Maître,
sans remarquer qu'une longue figure, en-
veloppée d'un manteau, le suivait de loin.

Son chemin le conduisait par la ruelle
dont la vue réveillait en lui tant de souve-
nirs, et il se trouvait déjà vers le milieu
de ce passage, lorsqu'un autre personnage,
couvert également d'un manteau, se présenta devant lui. L'inconnu se débarrassa
de son vêtement incommode, et tira son
épée : c'était Paolo.

— Arrête, Flamming! dit-il avec un

sang-froid menaçant. Cette place boira ton sang ou le mien, ce qui m'est assez indifférent.

— Eloigne-toi, malheureux ! s'écria Flamming, et il tira son épée pour se défendre. Si j'avais voulu te perdre, je l'aurais pu depuis long-temps ; mais je respecte en toi notre digne Grand-Maître. Tu n'as aucune raison pour me provoquer, car Dionée gémit dans un cloître, et les lois me défendent d'ailleurs de me mesurer avec un coupable.

— Cette fois, tes beaux discours ne te sauveront pas, dit Paolo avec rage. Toi et ton digne Grand-Maître, vous avez espéré m'enterrer, moi et mon amour, dans une captivité éternelle; mais le pauvre Paolo a encore des amis, et c'est grâce à leur secours qu'il vient s'offrir à toi, comme le noir fantôme devant Brutus, la nuit de sa défaite. Ces amis sont plus nombreux et plus puissans que ton Grand-Maître ne pense, et vous ne tarderez pas à trembler devant eux.

— Trève de bravades, misérable ! s'écria Flamming enfin courroucé; agis plutôt en homme, et comme ta conscience te dit de le faire.

—Oui, j'agirai; défends-toi, Flamming, cria Paolo se jetant sur lui avec fureur. Mais tout-à-coup un troisième personnage se jeta entre les combattans. —Le Grand-Maître, s'écrièrent-ils tous deux, et ils demeurèrent pétrifiés.

.—Caïn, homicide Caïn, pourquoi persécutes-tu mon pieux Abel? dit le vieillard à Paolo d'une voix terrible.

— Je suis perdu ! s'écria celui-ci; mon destin m'appelle à tout tenter : cours donc enfin à la vengeance, cœur ulcéré, avant que tu sois frappé de la foudre !

Il s'échappa plein de rage. Flamming, effrayé des paroles sinistres qu'il avait prononcées, regarda le Grand-Maître avec étonnement; mais celui-ci s'appuyant sur lui, lui dit à voix basse : — Ramène-moi au palais, mon fils; je sens que mes forces m'abandonnent.

CHAPITRE VII.

Le bruit des tambours, le retentisse-
ment des trompettes, mêlés aux coups de
feu, réveillèrent Flamming dès le lever de
l'aurore. Il s'élança à la fenêtre. La garde
du Grand-Maître se rangeait en bataille
devant le palais, les chevaliers accouraient
un à un, vers la place du rassemblement,
et le cri de « rébellion! » retentissait de
toutes parts.

Flamming endossa promptement son
armure, et se rendit en toute hâte dans
la salle du chapitre. Le Grand-Maître s'y
trouvait déjà, assis sur son trône; quelques chevaliers l'entouraient et le vieux
grapier parcourait la salle à grands pas.

— Ces misérables ont bien choisi leur temps! s'écriait-il. Toutes nos forces sont disséminées devant Candie, ou croisent dans les mers contre les Barbaresques, et ils ont espéré qu'ils auraient bon marché de l'ordre.

Le vieux Wulf entra, couvert de sang.

— Les rebelles se sont emparés du château Saint-Elme, dit-il. Ils avaient surpris une sentinelle, et les postes ont été égorgés.

— Oh! Malte! s'écria le Grand-Maître d'une voix touchante, est-ce donc là la récompense de mes soins paternels.

— Mais, caporal, dit le drapier, qui sont donc enfin ces misérables qui taillent ainsi de la besogne au bourreau de l'Ordre?

— A ce que j'ai pu voir, répondit Wulf, ce sont des prisonniers turcs, des esclaves des galères, et quelques-uns de nos soldats de marine qui ne valent guère mieux. A cela, il peut s'être joint quelque canaille de l'île; car la troupe est assez forte et peut s'élever à environ six cents hommes. Un prêtre est à leur tête, et, si je ne savais que messire Paolo est au cachot, je l...

...rerais que je l'ai vu dans cette bande.

— Il n'est pas possible, s'écria le drapier; ce serait le démon en personne!

— David, David! s'écria le vieux Lascaris, en s'arrachant ses cheveux blancs!

Le chevalier de Montauban arriva à son
tour, couvert de sang et de poussière. —
Les rebelles ont arraché la bannière de
l'Ordre, et arboré un étendard vert avec
un croissant d'argent! s'écria-t-il. Ils tour-
nent les canons vers la ville. Faites de
promptes dispositions, Excellence, ou
l'Ordre est entièrement perdu!

— Wulf, fais fermer toutes les portes
du palais, dit le drapier. Que personne
n'entre ou ne sorte sans un sauf-conduit
de l'Ordre. Tous les chevaliers qui se trouvent à La Valette, sont-ils rassemblés?

— Oui, ils sont tous là, répondit Montauban en regardant par la fenêtre. Mais
on n'en compte pas quarante, et hors les
gardes du Grand-Maître, nous n'avons pas
un soldat.

Un coup de canon, parti du château
Saint-Elme, se fit entendre, et une croisée

de la salle, frappée par le boulet, tomba
en mille pièces.

— C'est là le salut de mon enfant,
s'écria le Grand-Maître presque égaré ; je
veux lui répondre. Saisissant avec délire
la bannière de l'Ordre qui flottait dans
un coin de la salle, et l'élevant de sa main
gauche, il tira son épée : rangez-vous à ma
suite, frères chevaliers ! Allons assiéger le
château.

— Non, digne Grand-Maître, dit le
drapier qui commençait à soupçonner
l'horrible vérité, permets que je commande l'assaut. La tête doit conseiller, et
les membres agir. Si mes prières ont encore quelque accès près de toi, tu demeureras dans ce palais, tandis que nous irons
combattre sous la garde de Dieu.

— Va, mon vieil ami, et que tous les
saints te conduisent, répondit le Grand-
Maître, retombant épuisé sur son siège.

— En avant, mes frères, s'écria le drapier en prenant la bannière ; et les chevaliers s'élancèrent sur ses pas, l'épée à la
main.

Le Grand-Maître demeura seul dans la vaste salle, sous le dais de pourpre, et renversé sur son fauteuil doré. Le vieillard pleurait amèrement, et priait avec ferveur.

———

II.   3

CHAPITRE VIII.

Le drapier passa en revue, devant le palais, sa petite troupe de fidèles. Elle se composait de cinquante chevaliers, et d'environ deux cents hommes de la garde du Grand-Maître, bien disposés à le seconder. Environ soixante soldats d'un régiment de l'Ordre, s'étaient joints à ses défenseurs.

— Je vous confie la bannière de Malte, Montauban, dit le drapier. Vous escaladerez le premier bastion avec les plus jeunes chevaliers et la moitié de nos trabans. Dès que vous serez engagé avec l'ennemi, j'attaquerai sur un autre point. Saint-Jean est notre cri de guerre. Songez à vos ser

meus, frères chevaliers. Soldats, songez
à votre devoir, et en avant! à la grâce de
Dieu!

Les deux troupes se partagèrent. Montauban, ayant Flamming auprès de lui,
s'avança vers le bastion sans tirer un
coup de feu, et l'escalade commença. Les
jeunes chevaliers et les trabans, animés
par l'exemple de leurs chefs, s'élancèrent
à leur suite avec ardeur. Les rebelles se
défendaient avec le courage du désespoir;
et bientôt le vieux Wulf, atteint d'un
coup de mousquet, tomba dans son sang.
Une batterie de fauconneaux tonnait du
haut de l'ouvrage principal, et un boulet
vint frapper le brave Montauban. — Marchez par-dessus mon corps à l'ennemi,
s'écria-t-il en mourant. Flamming prit la
bannière qu'abandonnait sa main défail-
lante, et s'élança plein de fureur sur le
rempart, où il la planta vigoureusement,
tandis que son épée moissonnait autour
de lui, tous ceux qui tentaient de l'arracher. Tout-à-coup on entendit retentir sur
une autre partie du rempart les cris de

4.

Saint-Jean! Jérusalem et Saint-Jean! Les rebelles effrayés, se mirent à fuir de tous côtés.

Flamming sauta du rempart dans le bastion. Sa troupe le suivit, et la mêlée commença avec une horrible furie. Le drapier avait pénétré de son côté dans le bastion, et les rebelles, se voyant entourés de toutes parts, jetèrent bas les armes et crièrent merci. Le drapier les fit garrotter deux à deux, et transporter au château San-Emmanuel.

— Bien commencé! cria-t-il à Flamming. Maintenant il faut marcher sur le château: mais où est votre capitaine, sire de Flamming?

— Il a payé cette victoire de sa vie, répondit tristement le jeune homme. Montauban est demeuré couché au pied du rempart que nous avons escaladé.

— Prenez sa place, et qu'on apporte les échelles! reprit le drapier, avec le sang-froid d'un vieux guerrier. Il faut que ces scélérats nous paient le sang du brave chevalier.

Les échelles furent dressées, et les

chevaliers commencèrent à les franchir.
Tout-à-coup un cri d'effroi retentit sur le
rempart, et un drapeau blanc flotta dans
les airs. Un prêtre parut sur la muraille,
et s'écria que les assiégés demandaient à
capituler.

— Capitulez avec Satan, pour la réception de vos âmes, lui cria le drapier;
quant à vous, il faut vous rendre à merci.

— S'il faut mourir, s'écria le prêtre en
arrachant le drapeau blanc, nous ne mour-
rons pas sans avoir vendu chèrement nos
vies! Et presqu'en même temps, le rempart
se couvrit de gens armés, qui tirèrent encore quelques coups de mousquet parmi
les assaillans.

— En avant! frères, dit le drapier; que
pas un de ces misérables n'échappe!

Le drapeau blanc reparut sur la muraille, et les assiégés annoncèrent qu'ils
allaient se rendre. En effet, le pont s'a-
baissa, et l'on vit le reste des rebelles à
genoux dans la cour du château. Le prêtre était seul debout au milieu d'eux, un
pistolet dans chaque main, qu'il déchargea

avec rage sur les chevaliers, mais il n'atteignit personne.

— Jetez à bas ce misérable ! dit le drapier. Un traban fit feu, et le prêtre tomba sur le pavé, la tête fracassée.

— Grand Dieu ! un serviteur de la parole, s'écria Flamming.

— Ce n'était pas un prêtre; dit un vieux chevalier en examinant le cadavre. Je le reconnais maintenant ! Il s'échappa, étant encore novice, de son cloître, passa en Turquie, et ayant été pris comme renégat sur un vaisseau de la Porte, l'ordre le condamna aux galères. Il n'a sans doute pris cet habit que pour obtenir du crédit sur l'esprit de ses compagnons.

— Mais où est donc ce misérable Paolo ? demanda le drapier, en regardant autour de lui.

— Je l'ai vu sur la tour du nord, dit un des prisonniers. Il est sans doute mort à présent, car il jurait qu'il ne survivrait pas à la reddition du château.

— Je veux chercher ce malheureux, dit Flamming.

—Toi! reprit le drapier. Non, non, mon fils, j'irai moi-même.

Et le drapier monta à la tour, accompagné de deux chevaliers. Il trouva Paolo sur la plate-forme. Ses regards étaient arrêtés sur un poignard qu'il tenait à la main, et qu'il leva pour se percer. Mais le drapier se jeta sur lui, le lui arracha, et les chevaliers lui lièrent les mains derrière le dos avec leurs écharpes.

— Cruels ! s'écria Paolo, vous voulez donc m'empêcher de mourir.

— Si je n'écoutais que mon sentiment, je te ferais poignarder sur l'heure, misérable, dit le drapier; mais puisque tu es chrétien, je ne veux pas prendre sur moi de t'envoyer en enfer sans que tu te sois confessé et que tu aies reçu l'absolution. Qu'on l'emmène avec ses dignes camarades!

Et le malheureux Paolo fut entraîné, malgré ses cris, avec les autres prisonniers.

CHAPITRE IX.

L'ENQUÊTE contre les rebelles était ter-
minée, trois des chefs furent pendus, et
les prisonniers turcs, ainsi que les esclaves
des galères, resserrés plus étroitement.
Les autres furent absous par le chapitre
de l'Ordre, et le sort de Paolo fut remis à
la décision du Grand-Maître, qui arrivait
d'un voyage qu'il avait été faire à Rome.

Ce fut peu d'heures après son retour,
que le drapier entra dans la chambre de
Flamming. Il le trouva assis auprès d'une
table, la tête penchée sur une de ses
mains, et les yeux fixés sur la devise de
la rose de mariage que lui avait donnée

Dionée. Le jeune chevalier tendit la main
au vieillard, et la lui serra cordialement.

— Es-tu malade, mon fils? lui dit le drapier en prenant place auprès de lui.

Flamming garda le silence. Le drapier
aperçut la rose, la prit et lut la devise. —
Je connais cet usage grec et... ta maladie,
dit-il. Tu suivrais volontiers le conseil que
donne cette devise, mais tes vœux s'y
opposent. Ne te souvient-il plus de ce que
tu disais, lorsque tu pris l'habit, sans vouloir écouter mes conseils : Tu le veux,
m'écriai-je, que Dieu te préserve d'un repentir tardif!

— Je sais tout ce qu'on peut me dire
là-dessus, vénérable frère, dit Flamming
impatient; je sais que le repentir que
j'éprouve est une faute nouvelle, et je
me soumets à toutes les pénitences que
l'ordre m'imposera. J'espère qu'une mort
prochaine.....

— Voilà bien l'égoïsme de la jeunesse,
s'écria le vieux frère, qui dans la fleur
de la vie ne desire que la mort, parce
qu'elle n'a pas le courage de supporter

ses souffrances! N'as-tu donc pas d'autres
devoirs à remplir auprès de tes semblables? Le seigneur de la vigne t'a-t-il confié
une livre pour la garder seul? Ne dois-tu
pas la faire profiter pour le bien de tes
frères?

— Vous avez raison, mon père, s'écria
Flamming. Je connais mes devoirs, je les
remplirai non pas seulement en souffrant
avec résignation, mais en agissant avec
courage. Envoyez-moi là où il y aura à
combattre pour le bien de la chrétienté,
et vous n'aurez qu'à vous louer de moi.

— Je t'écoute avec plaisir, dit le drapier, tu es tel que je le pensais, un homme
plein de faiblesses, mais énergique, bon
et sincère comme on l'est peu. Pardonne-
moi mes reproches. J'ai voulu sonder ta
plaie avant que d'y appliquer le topique.
Tu vas me suivre chez le Grand-Maître,
où tu verras comme il punit et comme il
récompense. Mais, comme il veut aupa-
ravant que tu connaisses les motifs qui
l'ont fait agir, et la cause de sa longue clémence pour un grand coupable, il me

harge de te remettre ce paquet de lettres : il est scellé de ses armes. Je n'en connais pas moi-même le contenu, mais je le soup-çonne. Il t'ordonne de le décacheter toi-même en ma présence, puis de le refer-mer avec ton sceau, et de me le remettre après l'avoir lu. Ce que ces lettres t'ap-prendront doit être sacré pour toi; le Grand-Maître défend que tu en parles à qui que ce soit, fût-ce à lui-même : à ces conditions, il te permet de rompre ce cachet.

Flamming brisa le scel sans hésiter, et lut les lettres suivantes, écrites les unes en langue turque, les autres en allemand.

Iʳᵉ LETTRE TURQUE.

AJESHA, ODALISQUE DU KISSLAR-AGA A STAMBOUL, A PAOLO LASCARIS.

. . . . . 1638.

« Soleil de mes yeux, source de mon bonheur, étoile de mes desirs! comment

« as-tu pu affliger la pauvre Ajesha par
« une si longue absence? J'ai mouillé de
« mes larmes, pendant neuf longues nuits,
« ma couche solitaire, attendant, de mo-
« ment en moment, ta présence bienfai-
« sante, et payant sans cesse mon erreur
« par de nouvelles larmes. Comme la prai-
« rie desséchée soupire pour une pluie d'o-
« rage, comme la rose soupire pour son
« amant le rossignol *, Ajesha soupire pour
« toi, ô homme incomparable!

   « Peut-être la douce nouvelle que j'ai à
« t'apprendre te ramenera plus tôt sur
« mon sein. Je porte en moi le germe
« d'une tendre vie. Dis-moi, n'éprouves-
« tu pas, à ces mots, un feu nouveau pour
« ton Ajesha? Ne crains rien pour les suites
« de ma situation. Si tu ne peux réussir à
« me tirer des mains de l'eunuque noir
« que je nomme mon maître, la surveil-
« lante des Odalisques est mon amie, et

---

  * Les amours du rossignol et de la rose, sont une
fable orientale bien connue.

                        (*Le Trad.*)

« elle m'aidera volontiers à tromper ce
« vieillard jaloux.

« Oh! viens encore dans cette nuit, fais
« que je ne la passe pas solitaire! Tout est
« disposé : tu n'auras plus rien à craindre.
« La femme juive qui te porte cette lettre
« me dira ta réponse.

« Tu viendras, n'est-ce pas, lumière de
« ma vie! aujourd'hui. Ajesha est sûre que
« tu n'as plus rien à lui refuser. Oh! tu
« viendras, sans nul doute. »

IIᵉ LETTRE TURQUE.

LE CAPI-AGA DU HAREM DE SA HAUTESSE,
ALI-MUSTAPHA, A PAOLO LASCARIS.

. . . . . 1638.

« Tu as peut-être déjà oublié, Franc, ce
« que tu m'as promis, il y a deux lunes,
« dans l'Atméïdan, sous les Tophaïques
« des trois Arnautes, qu'Allah maudisse!
« Le vieux Ali-Mustapha ne t'a pas oublié,

« et il te renvoie cette lettre, qu'il a sur-
« prise dans les mains de ta messagère
« d'amour, afin que tu ne t'exposes plus à
« laisser ta tête sur le mur du sérail. Le
« sort de ta bien-aimée Ajesha a bien changé
« depuis cette lettre. Le Grand-Seigneur,
« qu'Allah conserve et bénisse, a daigné
« venir visiter son indigne esclave, le Kiss-
« lar-Aga : il a vu sa belle Ajesha, et elle
« a trouvé grâce devant ses regards lumi-
« neux. Il l'a fait aussitôt porter dans son
« harem, où elle remplacera la jeune Ca-
« din aux yeux noirs, qui est allé derniè-
« rement rejoindre les Houris. J'apprends
« aujourd'hui qu'Allah a béni son ventre,
« ce dont Sa Hautesse a grande joie; et,
« comme l'héritier du trône, sultan Mah-
« moud est d'une santé délicate, il se pour-
« rait qu'avant un an Ajesha devînt sultane
« Hasseky.

« Tu vois, Franc, qu'elle est perdue
« pour toi à jamais. Je te dis, pour te con-
« soler, qu'elle a bientôt oublié le chagrin
« qu'elle éprouvait de se voir séparée de
« son amour; je l'ai vue très tendre et

« pleine de joie dans les bras du Grand-
« Seigneur, ce que je trouve aussi fort na-
« turel. Tu te consoleras sans doute aussi
« vite qu'elle, car on retrouve d'autres
« beautés, aussi bien dans ce pays où rè-
« gne la vraie foi, que dans toute la
« terre.

     « Au reste, si mes conseils ont quelque
« poids auprès de toi, je t'engage à quitter
« Stamboul au plus vite. Le Musulman
« est inexorable pour tout ce qui regarde
« son harem. Il est vrai que, pour ton sa-
« lut et pour le mien, j'ai fait poignarder
« bien secrètement ta juive; mais la tra-
« hison ne sommeille jamais : et, si le
« chien de Kisslar-Aga venait à apprendre
« ton crime, tu serais perdu ainsi que
« moi. Brûle cette lettre en présence de
« mon muet qui te la remettra, et envoie-
« moi les cendres, afin que je puisse dor-
« mir en paix. Que le grand Prophète t'é-
« claire et te préserve long-temps de la
« faux vengeresse de Monkir, l'ange de
« nuit ! »

IIIᵉ LETTRE TURQUE.

LE MÊME AU MÊME.

. . . . . . 1644.

« Si tu es encore le même qu'il y a six
« années, très sage et très éclairé Grand-
« Maître; vaillant prince et glorieux père
« d'un très glorieux empire, cette lettre
« semblera plus douce à tes yeux, que la
« plus précieuse conserve de roses à ton
« palais.

« Je suis las du métier de Capi-Agi, las
« des intrigues que noue sans cesse contre
« moi mon vieil ennemi le Kisslar-Aga,
« las d'en nouer d'autres pour lui nuire
« et de craindre sans cesse le cordon de
« soie. C'est pourquoi j'ai résolu de ve-
« nir me remettre sous ta protection, avec
« les trésors qu'Allah a daigné répandre
« sur moi.

« Il s'offre une occasion précieuse pour
« mes desseins. La belle Ajesha, qui n'est
« pas devenue sultane Hasseky, mais qui

« est encore l'Odalisque favorite du Grand-
« Seigneur, commence, dans deux mois, son
« pélerinage de la Mecque , son enfant ,
« Sultan Osman, dont les traits ressem-
« blent beaucoup aux tiens, l'accompa-
« gnera, et l'on m'a nommé son Micmandar.

« Si tu croises vers ce temps entre Can-
« die et Scarpantho, notre vaisseau ne pour-
« ra t'échapper, j'aurai soin qu'un palam-
« pore blanc et noir flotte à la poupe, afin
« que tu le reconnaisses. Tu nous donneras
« la chasse, et je te promets que tu n'é-
« prouveras pas grande résistance de la
« part de nos galiongis. Tu nous prendras,
« et tu nous conduiras à Malte. Ta sagesse
« décidera du sort d'Ajesha et d'Osman.
« Pour moi, je ne te demande qu'un petit
« coin tranquille dans ta résidence, où je
« puisse fumer paisiblement ma chibouque,
« et humer mon scherbet, jusqu'à ce qu'Al-
« lah-le-Miséricordieux dispose de son ser-
« viteur.

« Si ce plan te convient, envoie-moi par
« le patron grec du navire qui te portera
« cette lettre , une caisse d'oranges rouges

« de Malte, sinon une cassette remplie de
« cette terre blanche qui ne vient que dans
« votre île, et qu'on dit bonne pour les
« blessures. Ne m'écris point, il pourrait
« m'en coûter la vie.

　« Qu'Allah t'éclaire! »

IVᵉ LETTRE TURQUE.

AJESHA A PAOLO LASCARIS.

. . . . 1644.

　« Près de passer le pont terrible de l'Al-
« sirat, où les deux anges de la mort m'at-
« tendent, j'éprouve encore le besoin de
« m'entretenir avec toi, homme cruel.

　« Tu as trouvé autrefois, dans mes bras,
« toutes les délices de l'amour, et, en ré-
« compense, tu as détruit, par un coup
« digne d'un Maugrabis, tout mon bon-
« heur sur la terre, et tu veux m'enlever
« les joies du Jannat-el-Eden, le séjour
« d'éternité!

　« Il y a à peine sept jours, j'étais adorée

du monarque le plus puissant de la terre, honorée par tous les croyans comme la mère de son fils, nageant dans toutes les jouissances, dans toutes les somptuosités ; et que suis-je maintenant par toi! La plus misérable des mortelles.

« Je ne puis devenir ta femme. L'épouse du commandeur des croyans s'abaisserait-elle à devenir ta concubine, état que ton peuple méprise?

« Veux-tu me renvoyer à Stamboul? De quel front me présenterai-je à Ibrahim, sans son enfant favori Osman, et après avoir été si long-temps dans ta puissance?

« C'est pour me faire chrétienne, et non par amour pour moi, que tu m'as ravie. Cette horrible vérité s'est découverte à moi depuis que je t'ai vu, que tu m'as engagée à abandonner la sainte loi de l'Islamisme, pour passer à celle de ton Messie. Ton affreux dessein était d'ensevelir la femme de ton amour dans un cloitre, si tu avais pu la convertir à ta foi.

« Qu'Allah me préserve de ce malheur, ainsi que son grand prophète, qui nous an-

« nonce, dans le Coran, que le Seigneur
« précipitera, au jour du Jugement, dans
« le feu éternel, tous les peuples qui croient
« à l'ancienne loi.

« Pour moi, je veux m'écrier trois fois
« qu'Allah est le vrai Dieu, et que Maho-
« met est son prophète, c'est pourquoi je
« sortirai du chemin de ta tentation et de
« celui de la vie.

« Le Masch-Allah *, qui a procuré déjà
« tant de bienheureuses extases et de doux
« sommeils aux fidèles, m'aidera à dormir
« du long sommeil de la mort et à gagner
« le paradis céleste.

« Tu as enlevé de grands biens à ton fils,
« Lascaris, une mère tendre, un sort bril-
« lant sur la terre, et peut-être un trône.
« Dédommage-le par ton amour paternel,
« et garde-lui les trésors du traître Ali-
« Mustapha, qu'Allah a jugé. Je les ai
« payés de ma vie.

« Que ta fin soit sainte **, Lascaris ! »

---

* *L'ouvrage de Dieu*, nom turc de l'opium.

** *Ahbetin hayr ola*, c'est le salut des Turcs ortho-
doxes envers les infidèles.

Ve LETTRE TURQUE.

LE GRAND-SEIGNEUR IBRAHIM Ier A LASCARIS.

. . . . . . 1645.

« Le tissu de mensonges, dont tu as en-
« veloppé le conseil de ton ordre de ca-
« loyers, ne me trompe pas, Lascaris. L'en-
« fant que tu m'as enlevé n'était pas le
« fils adoptif du Capi-Aga, mais le fils
« de mon Ajesha qui vient de mourir à
« Malte, d'une façon si subite. Jusqu'à ce
« jour, je le regardais comme le fruit de
« mes entrailles; mais mon Kisslar - Aga
« m'a dévoilé une trame infernale, dont
« mon Capi-Aga a été l'agent. Je vois
« maintenant que tu regardes cet enfant
« comme ton fils, et que tu le retiens
« pour en faire un chrétien.

« Ainsi tu as profané, il y a six ans,
« avec une audacieuse rage, le harem du
« souverain des deux mondes, et tu lui
« as fait une injure qui ferait hérisser la
« barbe du dernier des Musulmans. Qu'Al-
« lah te maudisse! que la guerre soit dé-

« sormais entre nous, et si le Prophète bé-
« nit mes armes, et que tu tombes en ma
« puissance, ma vengeance sera terrible,
« comme le fut ton injure. »

Ière LETTRE ALLEMANDE.

BERTHA DE FLAMMING AU CAPITAINE PAOLO GOZZO.

. . . . 1639.

« Lorsque je t'avouai hier en pleurant,
« les joues couvertes de rougeur, le se-
« cret de notre amour, je vis tes traits se
« rembrunir. Ce n'était pas la douleur
« d'un amant à la vue des peines de sa
« bien-aimée; j'y lus le remords, la colère,
« et presque le mépris. Tu restas là devant
« moi, comme un criminel condamné. Tu
« tremblais en m'embrassant, et tes lèvres
« froides semblaient se refuser à me don-
« ner le baiser d'adieu. Que dois-je penser,
« Paolo? D'affreux pressentimens s'empa-

rent de mon âme. Pourrais-tu trahir celle qui t'aime si tendrement, qui a tout sacrifié pour toi? Suis-je trompée? réponds-moi, Paolo, suis-je trompée? »

IIe LETTRE ALLEMANDE.

LA MÊME

AU COMMANDEUR PAUL DE LASCARIS.

Trois jours plus tard.

« Je me suis levée aujourd'hui pour la première fois, du lit de douleurs où m'a jetée votre lettre, afin de vous répondre.

« Vous êtes bien coupable envers moi, commandeur. Comment un chevalier à qui ses sermens interdisent le bonheur conjugal, que ses vœux obligent à secourir les faibles, a-t-il pu abuser une pauvre orpheline, en déguisant son nom et son état, lui ravir son innocence, le bonheur de sa vie, la paix de son cœur?

« La pitié n'a-t-elle donc jamais pénétré
« dans votre âme, tandis que je reposais
« avec confiance dans vos bras.... Mais je
« ne voulais vous faire aucun reproche.
« La douleur qui règne dans vos aveux
« me prouve que vous sentez au moins
« toute l'étendue de votre faute.

    « Je me serais abandonnée au désespoir,
« et peut-être le meurtre ou le délire eus-
« sent mis fin à mes peines, si je ne m'é-
« tais attachée à la dernière ancre qui
« nous reste dans le malheur, à la sainte
« religion.

    « Je vous pardonne. Que ce mot vous
« donne des forces pour expier, par de
« grandes actions, le mal que vous m'avez
« fait. Puissent Dieu et votre conscience
« vous pardonner également! Vous deviez
« attendre de moi une semblable réponse
« je devais repousser vos vœux. Le ser-
« ment que vous avez prononcé devant
« l'autel, s'élevera à jamais entre nous. Je
« vous aimais de toutes les forces de mon
« âme; je vous aime encore : mais je ne
« pourrais devenir votre épouse, en vous

« arrachant à la fiancée céleste à laquelle
« vous avez juré de consacrer votre vie.

« Vous osez me proposer la fuite en pays
« étranger! Ah! Lascaris, que vos passions
« vous égarent; priez, priez, pour que
« vous ne retombiez pas dans de telles
« tentations.

« Je mets encore assez de confiance en
« vous pour croire que vous ne repous-
« serez pas ma dernière prière. Ne faites
« aucune tentative pour me revoir, ne
« m'écrivez plus, soyez sans inquiétude
« sur le gage d'un amour si malheureux;
« je remplirai tous mes devoirs de mère.
« L'espoir de donner à mon enfant quel-
« ques vertus soutiendra mon courage.
« Adieu. Que Dieu vous accorde le repos
« que vous m'avez ravi! »

_____

IIIᵉ LETTRE ALLEMANDE.

LA MÊME AU GRAND-AMIRAL PAOLO DE
LASCARIS.

. . . . , . 1642,

« Vous n'avez pas eu égard à ma dernière
« prière, Lascaris. Votre lettre a réjoui et
« affligé mon cœur.

« L'Ordre, auquel vous avez rendu tant
« de services, veut vous nommer son
« Grand-Maître, et vous voulez sacrifier
« cette dignité pour racheter vos vœux et
« me donner la satisfaction que vous croyez
« me devoir? cela est noble, mais cela ne
« serait ni juste ni sage.

« Alors même que le Saint-Père romprait
« vos vœux, vous ne seriez pas moins
« obligé de servir comme chrétien la chré-
« tienté, qui est si vivement menacée par les
« infidèles. Quel autre que Lascaris peut
« la protéger et la secourir? Dans quel état
« pourrait-il mieux le faire qu'en qualité
« de Grand-Maître d'un Ordre institué

« pour faire une guerre éternelle à ces
« mécréans?

« Non, Lascaris, restez chevalier de la
« sainte Église. Vous ne pourriez plus être
« le mien. Votre renommée viendra jus-
« que dans ma solitude, et je remercierai
« Dieu, avec des larmes de joie, d'avoir eu
« la force de renoncer à vous pour sa
« cause.

« Mon fils a justifié toutes mes espé-
« rances. Mon excellent frère l'a adopté
« avant de mourir, et lui a donné ainsi un
« rang dans le monde. La fortune de sa
« mère le mettra en état de vous faire hon-
« neur. Je vous l'enverrai dès qu'il pourra
« vous servir. Si Dieu m'appelle à lui avant
« ce temps, il ira vous annoncer ma mort.

« Ne m'écrivez plus, pour ne pas trou-
« bler de nouveau le calme que m'ont
« donné tant de souffrances. Je prie tous
« les jours pour vous. Que le ciel bénisse
« vos jours! »

———————

4.

IVᵉ LETTRE ALLEMANDE.

LA MÊME AU GRAND-MAÎTRE PAUL DE LAS-
CARIS.

. . . . . 1657.

« Quand vous lirez ces lignes, je ne serai
« plus... Mon fils vous les portera. Il ignore
« la faiblesse qui lui procura le jour..... je
« l'ai élevé comme mon neveu. Paul a fait
« le bonheur de sa mère..... Recueillez ce
« que j'ai soigneusement semé, et pensez
« quelquefois à celle qui, dans quelques
« momens, priera pour votre bonheur, au
« pied du trône céleste. Nous nous rever-
« rons un jour, alors aucun serment ne
« nous séparera..... »

CHAPITRE X.

FLAMMING avait achevé sa lecture en versant un torrent de larmes. Il recacheta le paquet, le rendit au drapier, et se jeta à son cou avec la plus vive effusion.

— Viens, mon fils, dit le vieillard. L'heure à laquelle nous attend le Grand-Maître est arrivée.

Ils se rendirent ensemble dans la salle du chapitre, où ils trouvèrent le Grand-Maître et le prieur du monastère des Dominicains de La Valette. On venait d'amener Paolo, garrotté et entouré de trabans. Ils lui ôtèrent ses liens et s'éloignèrent.

— Bien que ton cœur soit endurci, lui dit majestueusement le Grand-Maître, tu dois cependant reconnaître que tu as mé-

rité trois fois la mort. Cependant, je ne
puis me résoudre à prononcer l'arrêt sur
ta tête coupable. C'est à mon ancienne
faiblesse pour toi que tu dois cette indulgence. Tu as arraché jusqu'aux dernières
racines de l'amour que j'avais pour toi,
mais il me reste encore quelque espoir,
que la solitude et l'impossibilité de pécher
de nouveau te rendront à la vertu. Tu
finiras le reste de tes jours dans le cloître,
pour y expier tes fautes dans le repentir,
la pénitence, la contemplation et la prière.
Le Saint-Père ayant accordé la dispense
du noviciat, tu prononceras tes vœux
aujourd'hui même, dans le monastère
des Dominicains. Reconnais-tu la grâce
que je te fais, et es-tu disposé à prendre
le froc?

Paolo, pâle et les yeux baissés, articula
avec peine son consentement.

— Je vous le remets donc, vénérable
prieur, dit le Grand-Maître au Domi-
nicain. Vous savez les moyens de l'empêcher de nuire de nouveau. Faites
digne serviteur du Christ, que ce mal-

heureux revienne à de meilleurs sentimens.

Le prieur posa sa main sur son scapu-
aire, et fit signe à Paolo, qui le suivit en
silence.

En ce moment, le Grand-Maître sentit
son cœur se briser. Il s'élança sur ses pas,
et le pressa encore une fois sur son sein
en s'écriant:—Paolo, je te pardonne! que
Dieu te protège et t'améliore, et peut-être
nous reverrons-nous un jour!

Paolo s'arracha aux embrassemens du
vieillard, comme s'il sentait qu'il n'en
était pas digne, et, embrassant ses genoux,
il se précipita hors de la salle. Le prieur
le suivit.

Un long silence régna dans la salle. Le
Grand-Maître ayant enfin repris quelque
calme, dit à Flamming:— Chevalier, avez-
vous tenu la promesse que vous m'avez
faite de ne pas revoir la jeune Grecque
qui vous avait été confiée?

—J'avais donné ma parole de chevalier,
vénérable Grand-Maître, répondit Flamming ému.

— Vous nous jetez dans un grand embarras, Flamming, reprit Lascaris. Tandis que l'Ordre songeait à acquitter sa dette envers vous, vous lui rendiez encore de si grands services, par votre sang-froid et votre vaillance, que les moyens lui manquent pour vous récompenser. J'avais le dessein de vous offrir la riche commanderie de Franconie qui se trouve vacante, mais j'ignore si cette offre vous sera agréable.

— Tous mes désirs se bornent à rester auprès de vous, répondit le jeune homme.

— N'as-tu donc rien autre à desirer sur la terre, mon fils? dit le Grand-Maître avec tendresse. Tu n'es pas sincère, Paul, ajouta-t-il. Mais il est contre la dignité de l'Ordre de te rester redevable. C'est à moi qu'il est réservé de te récompenser. Tu vas te convaincre qu'il n'a pas tenu à mon cœur paternel que tu ne trouves le bonheur.

A ces mots, il lui remit deux parchemins, scellés, l'un de l'anneau du pécheur, et l'autre de la croix de l'Ordre. Flamming les déploya, et en crut à peine ses yeux lorsqu'il y lut une dispense du pape relativement à ses vœux, et sa nomination au grade de colonel du premier régiment des troupes de Malte.

Tout-à-coup, les portes de la chapelle qui se trouvait près de la salle, s'ouvrirent. Le chapelain de l'Ordre se tenait en habits pontificaux, devant l'autel, paré comme aux solennités de l'Eglise, et Dionée, couronnée de myrtes, et accompagnée du vieux Lambro, vint se jeter sur le sein de l'heureux Flamming.

— Dionée! mon père! s'écria-t-il, et il vola dans les bras du vénérable vieillard.

—Oui, ton père, dit le Grand-Maitre, en serrant contre son cœur le jeune couple. Oui, tu es mon fils, et j'ai acheté par de longues années de douleurs le droit de te donner ce nom. Mais ta vertu a triomphé de tous les obstacles, et maintenant Lascaris finira ses jours en paix, au milieu de vous et de vos enfans.

FIN DE PAUL DE LASCARIS.

ASMUND

THYRSKLINGURSON,

HISTOIRE

DE LA FIN DU XVIIe SIÈCLE.

ASMUND

THYRSKLINGURSON.

CHAPITRE PREMIER.

LE vaisseau qui portait le grand-bailli
ordenskiold, récemment nommé pour
ésider en Islande, s'avançait à la hauteur
e l'île, lorsqu'un cri de joie du timonier,
slandais de naissance, réveilla la jolie Dina,
ièce du nouveau Minos, de l'assoupisse-
ient dans lequel l'avait plongée l'ennui
e cette traversée sans fin. Elle s'élança
e son hamac sur le pont. Un pays désert,
eint de rochers noirs et escarpés, que cou-
onnaient des pics de formes merveilleu-
ement bizarres, et couvert de neiges éter-

nelles, s'offrait à ses yeux. Dans l'extrème
lointain se montrait une haute montagne
dont l'aspect était à-la-fois terrible et majestueux, et de laquelle s'élevait une sombre colonne de fumée. Le soleil couchant
éclairait de ses feux rougeâtres ce triste
et magnifique spectacle.

—Allons-nous donc faire eau dans cette
vilaine île? demanda Dina à son oncle qui
examinait son nouveau gouvernement, à
l'aide d'une lunette d'approche.

—C'est l'Islande, le but de notre voyage
le lieu de notre résidence, répondit celui-
ci sans changer de position.

La jeune fille jeta un cri d'effroi,
cacha les yeux de ses deux mains, et dit au
gouverneur en pleurant : — Vous m'avez
trompée bien affreusement, mon oncle.

— C'était pour ton bien, ma nièce,
comme il faut quelquefois s'y résoudre
avec les enfans, répondit froidement Te-
denskiold.

— Voilà donc pourquoi, continua Dina
en gémissant, voilà pourquoi il se trouvait une grande déchirure vers la gauche

du pôle-nord, sur notre carte d'Europe, et que notre vieux ministre, que je croyais plus loyal, ne m'a jamais parlé de cette latitude dans mes leçons de géographie ! C'est pour cela que, résistant à toutes mes instances, vous avez refusé de me conduire à Copenhague, et qu'il nous a fallu partir de nos terres pour le port où nous attendait le navire, tant vous craigniez que quelque âme charitable ne me prévînt de la disgrâce qui m'attendait ici.

— Tel fut, en effet, le motif de ma conduite, répondit le grand-bailli en conservant tout son sang-froid. Si tu avais eu quelques notions sur cette île, il m'eût été sans doute impossible de te déterminer à t'y rendre. Et cependant, je n'aurais pu m'éloigner sans toi, car, tu le sais, j'ai promis à ton père mourant de le remplacer auprès de toi, et de t'emmener avec moi partout où m'appelleraient mes fonctions. J'aurais pu te contraindre, il est vrai, et m'épargner ainsi de déchirer ma belle carte d'Europe ; mais cette violence eût trop coûté à mon cœur. Je te connais,

Dina, tu t'accoutumeras à cette île ; elle offre de grandes beautés, et, après tout, comme le dit le proverbe norwégien : le monde est partout la terre du Seigneur.

— Mais mon cousin paiera pour vous, dit la jeune fille avec dépit ; tant que je languirai dans cette île, je n'aurai pour lui qu'une mine aussi maussade que celle que m'offrent ces hideuses roches : L'hypocrite ! Il ne m'a entretenu, toute la traversée, que du sol classique de l'île, de sa situation pittoresque, de l'esprit poétique de ses habitans, mais de ces montagnes de neige, de ces roches noircies, il s'est gardé d'en rien dire.

— Ton cousin, dit le vieux bailli, a été trompé comme toi : il a plus consulté les vieilles légendes de l'Islande que les voyages, et il s'est figuré qu'il trouverait tout au moins l'île de Calipso dans l'Océan Boréal. Je parie qu'il ne connaît pas mieux ce pays que son ignorante cousine.

Le chambellan Guldenring, le jeune enthousiaste dont il était question, parut en ce moment sur le pont. Dina s'avançait déjà vers lui pour l'accabler de reproches, mais elle recula, effrayée de la stupéfaction avec laquelle son cousin contemplait l'île dont les côtes se développaient, de moment en moment, sous des formes plus terribles et plus fantastiques, et qui, s'étendant en amphithéâtre, semblait un géant dont les bras noircis sortaient de la mer pour embrasser le vaisseau.

Est-ce là ?.... demanda Guldenring à son oncle. Le nom de l'île expira sur ses lèvres.

— L'Islande, reprit celui-ci, achevant sa demande, et riant de voir le pauvre chambellan frapper aussitôt ses mains avec désespoir.

— Oui.... oui! dit-il, essayant avec peine de se remettre, et se rappelant tous les éloges qu'il avait faits de cette terre; oui, l'île est fort majestueuse, et j'oserai presque dire horriblement belle. Mais, au nom du ciel, reprit-il à demi-voix, je ne vois pas un brin de vert, et cependant nous sommes dans le cœur de l'été.

— Il ne manque pas de belles plaines

4..

en Islande, dit le bailli d'un ton doctora..
mais la hauteur et les saillies aiguës de..
côtes empêchent de les apercevoir.

— Et point de maisons! interrompi..
Dina en soupirant.

— Nous ne tarderons pas à apercevoir
le port Holm, lui dit son oncle qui cher..
chait à la consoler; les rochers nous le
cachent encore.

— Je voudrais donc que tous ces mau..
dits rochers fussent au fond de la mer!
s'écria le chambellan en colère; et Dina
promena de nouveau ses regards d'un ar..
inquiet: — Mais des arbres, des arbres,
dit-elle, on pourrait en apercevoir que..
ques-uns? et je ne vois pas une branche.

— Il est vrai, dit Tordenskiold, que l..
climat froid et variable de l'île ne perme..
pas qu'il y pousse de grands arbres.... et..
même qu'il en vienne beaucoup; mais....

Dina ne daigna pas l'écouter davantage,
et se retira, les yeux troublés par ses lar..
mes, sur l'arrière du navire, où le vieu..
Thyrsklingur tournait la barre du gouver-

ail, en fredonnant une chanson islan-
aise.

— Pourquoi pleurez-vous, noble de-
oiselle? lui dit le vieillard d'un air plein
e bonté. Soyez joyeuse, car nous sommes
a bonne route. Nous naviguons, vent
rière, vers ma patrie chérie. Voyez là-
s, au nord, cette longue presqu'île,
est le Sneefield-Ness, une partie du quart
ouest, et cette montagne qui fume, c'est
n grand glacier.....

— Ah! bon Dieu! c'est sans doute l'Hé-
a, s'écria Guldenring en accourant.

— Vous voulez dire l'Heklufiall, répon-
t le vieux marin, rectifiant le dire de l'é-
ranger; non, celui-là est au sud-ouest; il
fme un peu aussi, c'est un assez mauvais
gne; pour celui-ci, c'est le Sneefialls-
kul.

— Ciel! notre vaisseau se dirige droit
ar l'Hécla, s'écria Dina.

— Sans doute, et nous aborderons tout
roche, dit le timonier. Le château qui
ert de résidence à monseigneur le grand-
ailli est dans ce quartier-là.

— Voilà ce qui s'appelle un voisinage fort agréable, murmura le chambellan, tandis que sa cousine, hors d'elle-même, parcourait le pont à grands pas.

— Allons, allons, consolez-vous, dit le vieux Thyrsklingur, notre vieille ogresse Heklufiall ne nous mange pas si vite que vous le croyez. D'ailleurs, n'avons-nous pas l'Aarnes-Syssel entre elle et nous!

— Il y a donc plusieurs volcans dans votre île? demanda le chambellan d'un ton piteux. Les voyageurs ne nous parlent que de l'Hécla.

— Les voyageurs se trompent terriblement, mon jeune gentilhomme, répondit le vieil Islandais avec orgueil; je puis vous en compter plus de trente sur mes doigts; c'est d'abord le Trolledinger, le Reinekaës, le Roidekamp, l'Oraëfe, le Kattleggia, le Raëfnutifiall, le Krabla, le Leihrnjuekr, le .....

— De grâce, ne m'en dites pas davantage, mon brave timonier! lui cria Dina en se bouchant les oreilles.

— Et qui vous soufflent tous vigoureusement leur feu au long et au large dans l'occasion, continua l'Islandais. Il y en a dix qui fument toujours ; c'est la règle, tantôt l'un, tantôt l'autre. Cependant c'est, après tout, l'Heklufiall qui est le plus fameux. Pour moi, je l'ai vu jeter des flammes plus de trente fois. En 1625, il nous a couvert les plaines, dans l'espace de trente mille, d'une cendre si épaisse, qu'on y enfonçait son soulier jusqu'à la cheville, et, en 1636, il a fait couler des torrens formés par les glaces que son feu faisait fondre ; celui qui coulait du Krauns a seul inondé en un jour dix-huit métairies.

— Vous racontez fort agréablement, mon ami, dit le chambellan ; mais la constitution d'un Islandais peut seule supporter de semblables récits ; ne voyez-vous pas que ma belle cousine est sur le point de se trouver mal ?

— Tout cela s'arrangera avec le temps, répondit Thyrsklingur en tournant sa barre à babord. Quand vous connaîtrez mieux ma belle patrie, vous ne voudrez plus la quitter.

On vit en ce moment une buyse, sorte de longue barque, s'approcher du bâtiment danois; elle était montée par plusieurs lootses islandais, et venait pour guider le navire à travers les rochers sans nombre qui obstruent le port Holm *. Les fauconneaux du château saluèrent de plusieurs salves le représentant du roi, qui descendit solennellement dans son nouvel état. Dina et Guldenring marchaient à ses côtés, le cœur plein de tristesse. Sur le rivage, ils furent accueillis par une foule d'hommes pâles et barbus, vêtus d'une grosse étoffe brune, et dont les longues hempes ou surtouts, les énormes chausses et les larges chapeaux triangulaires, eussent excité l'hilarité de l'élégant chambellan, s'il n'eût été absorbé par sa douleur. Un vénérable vieillard sortit de la foule, et s'avança vers Thordenskiold, en lui faisant connaître qu'il était le sysselmann ou chef de distric.

---

* Littéralement port de l'île, port principal. Le Suédois Gardar, qui visita l'Islande le premier, après Maddoc qui la découvrit, lui donna, selon Arngrim Jonas, auteur islandais, le nom de Gardars-Holm. (*Le Trad.*)

du bailliage de Guldbring ; il lui apprit que tous les fonctionnaires de l'île, les agmann, le drossart et les autres syssel-mann l'attendaient à la ferme royale de Bessasteder, où il devait faire sa résidence. Tordenskiold le remercia avec dignité, et s'avança vers une petite troupe de chevaux islandais, sur lesquels il devait faire ce rajet avec sa suite.

— Permettez que je vous conduise d'abord à votre voiture, charmante cousine, dit galamment le chambellan avant de monter sur le coursier qui lui était destiné. Mais le sysselmann lui fit observer que les mauvais chemins de l'île ne permettaient pas qu'une voiture y pénétrât, et un jeune homme, d'une beauté remarquable, et dont les traits pâles et sérieux annonçaient, encore plus que ses vêtemens, qu'il était né sur la terre de glace *, accourut, conduisant une jolie haquenée d'un gris d'argent. Il tint l'étrier à la tremblante Dina, et l'aida à se placer en selle.

* *Is-land*, en norwégien, terre de glace.   (*Le Trad.*)

—Ne craignez rien pour votre noble demoiselle, dit le sysselmann à Tordenskiold qui se retournait avec inquiétude vers sa nièce dont il connaissait le peu d'habileté dans l'art de l'équitation; je lui ai choisi la plus douce de nos montures, et le jeune Asmund, le fils de Thyrsklingur, votre timonier, la conduit. Avec lui, on serait en sûreté dans tous les élémens. C'est le plus hardi preneur d'aeder-fugl *, le premier harponneur, le meilleur chasseur d'ours et de morroths, qui soit dans toute l'Islande. A l'âge de dix ans, Asmund avait déjà grimpé, tout seul, au sommet de l'Heklu-fiall, pour voir ce que c'est que tout ce feu qui brûle là-haut.

— Par le Ciel ! c'est une curiosité que je ne partage guère, s'écria Guldenring en cherchant à se mettre à son aise sur sa selle qui lui semblait fort rude et incommode. Dina, rassurée par les paroles du vieillard, s'élança sur sa haquenée, et

---

* *Ana molissima*, c'est l'oiseau qui fournit l'édredon.
(*Le Trad.*)

jetant un regard amical à son guide, et le cortège se mit en marche à travers des plaines désolées où quelques prairies étaient jetées au hasard et à longues distances, sur un sol de matières bitumineuses, couvert tour-à-tour d'un sable roux, noir et blanc, et d'énormes rochers à demi calcinés.

Quelques métairies isolées, entourées d'une végétation basse et grisâtre, coupaient quelquefois, par leurs murs rougis et leurs toits de couleur verte, la triste uniformité de ce pays sauvage. Guldenring, charmé de cette vue, assurait à Dina que l'Islande commençait à se montrer sous un jour plus poétique, lorsque Asmund, montrant du doigt une grande maison de pierre, s'écria: — Voici Bessasteder, nous sommes arrivés!

— Pour quelqu'un qui trotte pour la première fois sur une selle aussi dure, à travers des bouillons de lave et des rochers, il ne saurait y avoir une nouvelle plus agréable, dit le chambellan en soupirant; et, quelques momens après, la caravane s'arrêta devant le château, dont la

porte s'ouvrit et d'où sortirent les princi
paux fonctionnaires de l'île. Ils entourèren
le grand-bailli, et se découvrirent avec
respect. Dina se sentit doucement émue
à la vue des hommages que ces simples et
honnêtes habitans adressaient à son oncle.

— Vous devez être très fatiguée, lui di
timidement Asmund ; s'il vous plaisait de
vous reposer, tandis que le grand-bail
parlera à nos magistrats, je vous condui
rais chez ma mère Anna ? Et sur un sign
affirmatif de la belle Dina, il l'enleva lége
rement de la selle, et l'accompagna jusqu'
la skaule ou chambre de repos, où elle fu
accueillie par une respectable matrone,
dont l'habillement ne sembla pas moin
merveilleux à la belle étrangère que tou
ce qu'elle voyait, depuis qu'elle avait dé
barqué dans cette île.

Sur sa camisole noire, lacée de cor
dons d'argent et dont les manches étroite
descendaient jusqu'aux poignets, la vieil
Anna portait une large hempe, égalemen
noire et ornée d'une multitude infinie
boutonnières et de boutons filigranes d'a

gent, d'un travail curieux; et à chacun de ces boutons pendait une plaque de métal, ornée d'un chiffre. Une ceinture d'argent et trois grandes agrafes soutenaient un petit tablier noir également enrichi de bossettes d'argent et de cuivre. Son cou était enfermé dans un collet noir, chargé de broderies d'argent, et un énorme édifice en toile blanche assemblée en forme de cône recourbé, s'élevait sur sa tête, et couvrait son front. Ses doigts étaient presque roidis par la quantité de bagues massives dont ils étaient chargés.

— Que Dieu bénisse votre entrée dans cette maison, ma belle demoiselle, dit la vieille insulaire, et elle s'apprêtait à entamer un petit discours, selon les usages cérémonieux de l'hospitalité islandaise, lorsqu'un éclat de rire que sa vue arracha à Guldenring, lui coupa la parole.

— Mon cousin, de grâce! s'écria Dina, honteuse de l'impertinence du chambellan.

— Laissez, laissez, dit la vieille; M. le chambellan peut rire tant qu'il lui plaira de notre costume national; le sien nous semble plus singulier. En vérité, il a raison de nous mettre à notre aise; car qui ne rirait de ces cheveux qui ne sont pas à lui, de son habit à grands revers brodés en fleurs, de ses grandes et courtes chausses avec des jarretières d'or, et de son petit plumet sur l'oreille!

— Qui vous a appris mon rang, vieille sibylle? demanda le chambellan piqué.

— Un de nos skaldes, qui a été dans la nouvelle Babylone, dans la ville de bruit qu'ils appellent Paris, dit Anna Thyrsklingur, nous a représenté les chambellans à-peu-près comme vous êtes, poudrés, brodés, riant à tout propos sans raison, et traitant avec mépris les pauvres gens de notre sorte.

— Allons, allons, dit Guldenring, prenant la main de la vieille femme, faisons la paix, bonne mère; c'est à moi de vous la proposer, j'ai commencé les hostilités.

— Vous êtes un brave jeune homme, dit Anna. Si vous restez avec nous quel-

que temps, vous pourrez devenir quelque
chose.

Comme elle parlait ainsi, on vit entrer
Hialmar, le sysselmann de Kiosar. Il s'inclina poliment devant Guldenring : — Je
célèbre après-demain, dit-il, la noce de la
plus jeune de mes petites-filles ; j'avais engagé le grand-bailli à l'honorer de sa présence ; mais les affaires de l'île l'occupent
entièrement, et il vous a désigné pour le
représenter ; veuillez donc, mon noble
gentilhomme, ne pas me refuser cette grâce.
Demain, au lever du jour, les chevaux et
les guides qui doivent vous conduire, arri-
veront à Bessasteder.

Guldenring reçut cette invitation avec
autant de politesse et d'amabilité que le
lui permettait le souvenir des aspérités de
la selle incommode qu'il venait de quitter,
et qui l'attendait encore, et Dina se fit
conduire par Anna à la couche d'édredon
qui avait été préparée pour elle. Elle ne
tarda pas à y trouver le sommeil ; et, dans
ses rêves, elle vit plusieurs fois se mêler
aux images des vagues en courroux, des ro-

ches et des volcans, l'image plus agréable d'Asmund, armé tantôt du harpon, tantôt de l'épieu, et combattant tour-à-tour les phoques, les ours et tous les monstres des latitudes hyperborées.

CHAPITRE II.

DINA, appuyée sur la fenêtre de sa chambre, contemplait avec ennui la vaste mer, lorsqu'elle vit approcher Guldenring, qui accourait, tout chagrin, de la noce à laquelle il avait assisté.

— Soyez le bienvenu, mon cousin, lui dit-elle ; j'étais impatiente de vous revoir.

— Pour moi, dit le chambellan en soupirant, je n'étais pas moins impatient de revenir. Au moins ici, ajouta-t-il, je pourrai boire, manger et dormir comme une créature humaine, et refaire un peu mon individu étrangement compromis dans toutes ces réjouissances islandaises.

— Que vous est-il donc arrivé de si fâcheux, pauvre Magnus? demanda Dina avec intérêt.

— Ah! vous ne sauriez imaginer, ma chère Dina, répondit celui-ci en se laissant tomber à la renverse sur un siège; j'aimerais mieux passer un an à la citadelle de Fréderichaven, que d'assister une seule fois encore à une noce islandaise. Figurez-vous que je pars à cheval; Dieu sait quel plaisir! vous connaissez leurs selles! mes guides ne tarissaient pas sur tous les plaisirs, sur les douceurs qui nous attendaient à cette noce, et ils me fatiguaient les oreilles avec leur galimatias danois-islandais, pour me donner une idée de toutes les friandises que nous y trouverions. Il n'était question que de la délicieuse soupe de syra, de l'excellent beina-string, du hafkal salé, du surtsmœr de plus de vingt ans, du blanda, du biscuit sans égal, et d'autres mets dont je vous fais grâce; puis, des jeux de toutes sortes, le chant, la musique, la danse; bref, à entendre ces drôles-là, il semblait que je fusse monté sur la jument Borak de Mahomet, et qu'elle m'emportait dans son paradis. Nous arrivons : la cérémonie de l'église commence, on marie les fiancés, et je me rends avec tous les parens, costumés de la façon la plus ridicule, dans la chambre de parade d'Hialmar, dont le toit est, ma foi, posé sur les soliveaux, et qui a des fenêtres fermées par des membranes de bœuf, ce qui est un grand luxe dans ce pays, comme vous le savez sans doute. La table était déjà couverte, et l'odeur des mets commença aussitôt à me soulever un peu le cœur. Mais que devins-je quand il fallut faire honneur au repas ! hélas ! je trouvai tout ce que mes guides m'avaient annoncé et même davantage ; l'hospitalité islandaise ne me fit pas grâce d'un plat. Ce n'est qu'alors que j'appris à connaître pratiquement la terrible nomenclature de leurs somptuosités conviviales. Leur soupe le syra se composait de petit lait aigri depuis le temps d'Ingulf l'exterminateur, et gardé soigneusement dans des tonnes.

Le surt-smœr consistait en beurre fondu qui a séjourné sur leurs harengs; plus il est vieux, plus il leur semble succulent; et celui qu'il me fallut goûter exhalait une odeur si infecte, qu'il arracherait des soupirs de satisfaction aux épicuriens les plus renommés de l'Islande. Pour le beina-striug, c'est un composé d'os et d'arêtes broyés dans du lait aigri; et la blanda dont le nom euphonique m'avait d'abord séduit, est un infernal brouet d'eau, de syra, de thym et de baies de sorbier. Mais rien n'égale le hafkal, qui vint compléter la fête. Figurez-vous du requin huileux, auprès duquel le lard le plus rance est de l'ambroisie, et la passion avec laquelle ces braves gens dévorent ces ragoûts dignes de Lucifer; vous ne pourrez vous faire une idée des nausées que doit causer un ambigu si splendide: je m'échappai comme un insensé, hors d'état de répondre à toutes leurs civilités, et je ne revins que lorsque la table et tout ce qui la couvrait eut disparu.

— Je suis charmée que nous soyons

Enfin arrivés à la fin de ce dîner, s'écria Dina, en reprenant haleine.

— Après cela, continua Guldenring, nous eûmes les divertissemens. Le vieux Halmar nous lut d'un ton monotone une ancienne saga islandaise, et les autres reprenaient, quand il se trouvait fatigué. Puis, vint le wikewaka, espèce de duo entre un homme et une femme qui se prenaient les mains, et chantaient quelque chose de bizarre, sans tact, sans goût et sans mesure. Dix ou douze misérables, abandonnés des grâces, se mirent ensuite à danser, et enfin il fallut me prêter à faire une course à cheval, que je n'oublierai de ma vie, à cause de leurs mauvaises selles, qui ont failli, déjà vingt fois, me rompre les cuisses.

— Mais la musique? demanda Dina.

— Quant à la musique, reprit le chambellan, c'est une autre affaire. J'ai appris à connaître deux instrumens que je recommanderai au capitaine de notre navire, pour chasser de son bord les rats dont il se plaignait tant pendant la tra-

versée. Il y a de quoi les faire fuir jusqu'au fond de la mer avec tout l'équipage.

— Voilà bien de vos exagérations,
Magnus, dit la jeune fille, en lui impo-
sant silence, à la vue de son oncle et du
sénéchal de l'île, qui entraient dans la
chambre. Guldenring voulut entretenir le
grand-bailli de ses disgrâces, mais celui-ci
se montra peu disposé à l'écouter. — C'est
demain le 8 juillet, dit-il; il faut que je
me rende à Thingwalla pour y clore le
althing et le prestatefna *. Je ne veux pas
t'abandonner à ta mélancolie, ajouta-t-il
en se tournant vers Dina, encore moins
t'amener au milieu de tous ces débats ju-
ridiques, qui vont avoir lieu à Thingwalla, où les affaires les plus importantes
du pays que l'on y traitera auraient peu
d'attraits pour toi. Je suis donc d'avis que

---

* *Althing*, conseil des anciens, *senatus; prestatefna*, le
consistoire. L'Islande est divisée en deux évêchés, celui de
Skalholt et celui de Holm; et un certain nombre de curés
ou ministres, y enseigne le catéchisme islandais du célèbre
Pontoppidam, évêque de Bergen, en Norwège.

(*Le Trad.*)

partes avec ton cousin, pour visiter les merveilles de la nature qui se trouvent dans cette île.

— J'espère que ce n'est pas sur l'Hécla que vous voulez nous envoyer, s'écria le chambellan; car alors, je vous prierai bien respectueusement de me substituer le seigneur Asmund Thyrsklingurson, qui a, m'a-t-on dit, un goût très prononcé pour les parties de plaisir de ce genre.

— Si votre étourderie habituelle m'avait permis d'achever, reprit le grand-bailli, vous sauriez déjà qu'il n'était question que d'une visite aux grandes cascades du Geyser.

— Ah! quant à cela j'y consens! s'écria Guldenring.

— Je vois à la réponse de mon cousin qu'il n'y a nul danger à courir, dit à son tour Dina, et Tordenskiold acheva de la rassurer, en lui disant que pour éviter tout accident, il avait choisi le jeune Thyrsklingur pour leur servir de cicérone.

— Il connaît parfaitement toute la contrée, ajouta le bailli, et quand tu auras

admiré le Geyser, il te ramenera auprè
de moi, à Thingwalla.

Dina, dont le visage s'était couver
d'une rougeur subite, en entendant Tor
denskiold prononcer le nom de son guide
demanda avec tout l'instinct de la délic
tesse féminine, à la bonne mère Anna d
l'accompagner dans ce voyage. Mais, cell
ci s'excusa sur son grand âge et sur l'éta
de sa santé qui ne lui permettaient plus d
monter à cheval. On convint toutefois d
se tenir prêts au lever du soleil, et l
chambellan se retira en disant qu'il all
se coucher, vu qu'il ne lui fallait pa
moins de seize heures de sommeil po
se remettre des plaisirs qu'ils avait goûté
à la noce, et se préparer aux nouvea
divertissemens qu'on lui réservait pour l
lendemain.

~~~~~~

CHAPITRE III.

—

Dina s'était mise en route à la lueur grisâtre des premières clartés du matin, accompagnée d'une jeune fille islandaise, du chambellan Magnus Guldenring, du vieil et pâle Asmund Thyrsklingurson, et de Bjarne Halnarson, vieillard vigoureux, qui gouvernait les chevaux chargés du bagage, à l'aide de son fidèle chien groenlandais. Le soleil colorait déjà d'un pourpre rosé les glaciers le plus proches, lorsqu'ils arrivèrent sur les bords du lac Langarvate, qui leur offrit un tableau plein de magnificence. L'air était vif et pur, et d'un calme extrême. Le vaste lac se déroulait devant eux comme un miroir de cristal, sur lequel

voguaient quelques cygnes orgueilleu...
ment paisibles. Autour du lac s'élevait, ...
huit embouchures à distances égales, ...
vapeur des sources chaudes, qui se perd...
en tourbillonnant dans les airs. De tou...
parts, s'agitaient des gerbes d'eau étin...
lantes, et Dina, ravie de ce spectacle si ...
et si brillant, retint tout-à-coup les rê...
de sa haquenée.

— N'est-ce pas, noble demoiselle, ...
ma patrie est belle! s'écria fièrement ...
mund en accourant. Un doux sourire ...
la réponse de Dina. Durant ce temps, G...
denring interrogeait Bjarne, et lui ...
mandait laquelle de ces sources se no...
mait le grand Geyser. Celui-ci fit ...
bruyant éclat de rire, et lui répondit ...
le Geyser faisait un tout autre bruit. ...
s'arrêta auprès d'une des sources, et tan...
que l'on faisait cuire, en quelques minu...
plusieurs truites saumonées et une pou...
de-neige * pour le déjeuner des voyageu...

* Sorte de perdrix grises, nommées logopodes ...
les ornithologistes.   (*Le Trad.*)

Asmund prit congé de Dina, voulant aller, lisait-il, préparer un lieu de repos pour l'heure de midi, et il s'éclipsa avec la rapidité du vent. Guldenring, pour qui les beautés de la nature avaient peu d'attraits, et que l'ennui commençait à gagner, pria Bjarne de lui donner un échantillon de la poésie islandaise, dont il parlait depuis si long-temps sans la connaître.

— Je vais vous dire quelques strophes de la belle chanson d'amour de Lyodali-ll, répondit l'insulaire, toujours prêt, comme ses compatriotes, à faire valoir sa patrie ; et, sans attendre qu'on lui répondît, il commença, d'un air grave et d'un ton triste, à chanter ce premier couplet :

> Heingi eg hamri kringdam
> Hanga rinda tangas
> Grymeis syls a galga
> Gymmung bruar Linna.

— Arrêtez, arrêtez, mon ami, s'écria le chambellan ; cela sonne bien comme de l'islandais, mais je veux être condamné à monter nu-pieds l'Hécla, si j'en comprends un seul mot.

5..

— La faute en est à vous, qui ne savez
pas trouver le sens, répondit Bjarne ave[c]
humeur. Les mots sont intervertis à l[a]
manière des scaldes, et voici ce qu'ils si[?]
gnifient :

«Je suspends le serpent, forgé en cerc[le]
« sur l'extrémité du mont du Coq, au p[?]
« teau du bouclier d'Odin. »

— Paroles, rien que paroles! dit le
prince de Danemarck dans l'Hamlet de
Shakspeare, reprit le chambellan. L'ho[n]
nête scalde qui a composé cette chans[on]
était alors, sans doute, dans un paroxis[me]
de fièvre cérébrale; elles n'offrent aucu[n]
sens.

— Vous êtes d'une conception diffic[ile]
murmura Bjarne; le serpent forgé en cerc[le]
est une métaphore délicate, pour exprim[er]
un anneau; le mont du Coq est la main s[ur]
laquelle le chasseur porte son faucon. [Il]
est donc clair comme le jour que l'extrém[ité]
de ce mont est le doigt.

— Mais, par le ciel, il n'est pas quest[ion]
de faucon dans votre chanson, mais b[ien]
d'un coq.

— Le scalde * a la licence de prendre un
enre pour un autre, dit gravement Bjarne,
t le poteau du bouclier est le bras auquel
est ordinairement appendu.

— Ainsi tout cela ne veut rien dire, sion : je mets l'anneau au doigt, dit Gul-
enring avec une expression de désap-
pintement singulière.

— Rien autre chose, répondit Bjarne
un air grave et fier.

— Et c'est là toute votre poésie ! s'écria
premier. Alors, allez au diable avec votre
Edda, et que l'on ne vienne plus me
mpre la tête du génie poétique des Is-
andais.

Bjarne, blessé jusqu'au vif, garda le si-
nce, et l'on se remit en route, sans se
rler davantage, jusqu'au milieu du jour
l'on arriva dans une vaste prairie. As-
hind s'y trouvait déjà, et vint engager
na à s'y reposer. — Tandis que nous
éparerons le dîner, lui dit-il avec un em-

---

* La mythologie scandinave, attribuée aux scalders
bardes maudas.   (Le Trad.)

barras qu'il cherchait en vain à déguiser, et que trahissaient ses joues couvertes de rougeur, je vous invite à profiter du bain chaud que je vous ai préparé dans une caverne du vallon ; il vous sera très salutaire, après la fatigue du voyage. J'aurais volontiers orné ce lieu fortuné des plus belles guirlandes, mais la nature, qui a secoué, de sa corne d'abondance, tant de merveilles sur notre île chérie, lui a refusé l'éclat des fleurs, qui eût été terni cette fois par un éclat plus vif encore.

—Il paraît qu'Asmund veut nous réconcilier avec la poésie islandaise, dit la belle Dina en se tournant vers Guldenring ; avouez que son coup d'essai n'est pas malheureux.

— Eh ! eh! reprit Bjarne en levant un doigt en l'air; eh! eh! Asmund Thyrsklingurson ! vous risquez là une proposition hardie auprès de la noble demoiselle. Dans notre île, c'est l'usage que l'amant seul prépare un semblable bain à sa maîtresse.

—S'il en est ainsi, cousine, s'écrie Guldenring avec feu, vous ne pouvez vous

servir de ce bain sans choquer les convenances.

— Un refus serait peut-être plus convenable, répondit Dina ; mais je ne saurais
répondre par l'ingratitude à une aussi ai-
mable attention ; et, se faisant montrer par
Asmund le lieu du bain, elle y descendit
avec la jeune islandaise.

Une eau limpide remplissait une cuve de
basalte creusée par la nature, au fond de
laquelle brillaient, avec tout l'éclat d'une
somptuosité sauvage, les incrustations
dorées de l'ocre et du soufre. En se plon-
geant dans les flots tiédis de la source,
un sentiment de bien-être inconnu
s'empara de la belle Dina, et ses membres
délicats s'agitèrent avec délices, au milieu
des eaux qui venaient se briser en ondulant
contre son sein d'albâtre.

Après avoir ainsi rafraîchi ses sens,
Dina vint rejoindre ses compagnons de
voyage, et l'on continua de cheminer jusqu'au coucher du soleil, où l'on arriva au
pied d'un rocher au haut duquel les
voyageurs entendirent le roulement des

vagues qui semblait annoncer le voisina[ge]
de la mer.

— C'est le Geyser qui fait son tapa[ge]
ordinaire, dit Bjarne à Dina qui sembl[ait]
effrayée. Il se fait entendre de loin.

Saisie de terreur, Dina continua [de]
suivre ses guides qui firent gravir la co[l]
line à ses chevaux, et s'arrêtèrent tout-[à-]
coup, pour laisser les deux étrangers con[-]
templer la scène nouvelle qui s'offrait [à]
eux. Au nord, on apercevait de haut[es]
aiguilles de glaces qui se perdaient dan[s]
les nues ; au sud, le majestueux Hécl[a]
semblait percer le ciel de trois corne[s]
menaçantes, couvertes de neiges éternelle[s]
et la fumée qui s'échappait sans cesse d[e]
sa cime, en tournoyant, formait de nou[-]
veaux nuages au-dessus de ceux qu'il lais[-]
sait à ses pieds. Au milieu de l'horizon, s[e]
présentait une immense chaîne de mon[-]
tagnes, d'entre lesquelles serpentaient [à]
grands flots des sources d'eaux chaude[s]
qui formaient un lac bouillonnant. Qua[-]
rante jets d'eau vive, dont les gerbes
étaient, les unes limpides et cristallines[,]

d'autres laiteuses et blanchâtres ou com-
actes et d'un rouge de sang, secouaient
autour d'elles des nappes de vapeurs qui
s'assemblaient en un dôme de brouillards,
au-dessus des monts. Le Geyser, semblable à une immense coupe de pierre fes-
onnée de stalactiques et revêtue de dra-
eries de glace, dominait sur le lac, et ses
aux, qui s'échappaient avec furie, en
roduisant un bruit semblable à celui de
lusieurs décharges de mousqueterie, fai-
aient trembler la terre, et prêtaient un
aractère terrible à cette scène imposante.

—Nous ne saurions aller plus loin, dit
Asmund. Le grand torrent d'eau bouil-
ante, qui, selon toute apparence, ne tar-
era pas à se frayer passage, pourrait
ous mettre en danger. Les voyageurs
écoutaient dans un silence religieux,
pleins d'émotion, lorsque les bruits sou-
erreins du Geyser augmentèrent d'une
façon effrayante, et devinrent semblables
aux roulemens du tonnerre. Quelques
instans après, la gerbe gigantesque que
l'on attendait s'éleva du bassin. On semblait

voir les esprits de la terre, irrités contre le ciel, vomir vers le firmament des montagnes d'eau et d'écume. Une mer mugissante, entraînant avec elle des pierres énormes, s'élevait jusqu'aux nues, et, se partageant, à une hauteur prodigieuse, en une multitude de rayons arqués, retombait en cascades nombreuses, que la réflection des feux du soir faisait scintiller de milliers d'étincelles rougeâtres. Peu-à-peu, les eaux rejaillirent perpendiculairement dans leurs bassins, et la terre, qui menaçait de s'entr'ouvrir, cessa de trembler.

— Après cette irruption, le Geyser restera quelque temps tranquille, dit Asmund à Dina qui s'efforçait péniblement de reprendre haleine. Vous pouvez contempler maintenant les bassins de plus près. Tremblante d'effroi, mais excitée par la curiosité, la jeune fille se laissa conduire par Asmund le long des monceaux de roches qui s'élevaient çà et là à fleur d'eau, jusque dans l'intérieur du bassin, tandis que Guldenring, appuyé sur Bjarne, les suivait de loin, en tâtant du pied pour s'assurer de la solidité des pierres.

Lorsque Dina, qui tournait le dos au soleil, se trouva dans le bassin, dont la surface était redevenue limpide et tranquille, elle aperçut, dans les ondes, son image, et sa tête charmante, couronnée d'une auréole lumineuse. —Ciel! s'écria-t-elle avec une frayeur mêlée de joie. Que signifie ce présage?

—Le Geyser vous montre à vous-même comme mon cœur vous montre à moi, lui répondit Asmund, encouragé par l'idée de la protection qu'il exerçait en ce moment sur la jeune fille, et peut-être par la nature du lieu où ils se trouvaient. Dina s'apprêtait à le punir par un regard sévère, lorsqu'un éclat de rire de Guldenring appela son attention. — Voyez, ma belle cousine, lui dit-il, c'est autour de ma tête, et non de la vôtre, que se trouve l'auréole qui vous inspire tant d'orgueil.

—Le Geyser, dit Bjarne, a la singulière propriété de ne laisser voir cette couronne de feu qu'au-dessus de la tête de celui qui

11. 6

s'y mire; on ne saurait l'apercevoir autour
de celle des autres.

— C'est une image vivante de l'amour-
propre des hommes, ajouta Dina d'un ton
un peu vif, en se retirant.

Le vieux Bjarne, se conformant à une
ancienne superstition de l'île cracha dans
le bassin, où, comme il le disait avec toute
la délicatesse islandaise, dans la gueule du
diable, et les voyageurs s'éloignèrent pour
aller chercher, dans la métairie de Handa-
kal, un abri pendant la nuit qui, pour
parler selon le style des scaldes, commençait à étendre son manteau brun sur la
terre. Le maître de la ferme les reçut en
leur frappant à chacun cordialement dans
la main. Dina se résigna patiemment à recevoir, sur ses lèvres de rose, le baiser de
réception, que, sans égard pour le rang,
les lois de l'hospitalité islandaise, autori-
saient à donner et à prendre, et bientôt
tout le monde s'endormit sur des lits de
peaux d'ours. Le seul Asmund, armé de son
épieu, veillait avec vigilance devant la
porte de la jeune fille.

CHAPITRE IV.

———◇———

LE tribunal des lagmann et le althing étaient clos depuis long-temps, et Torlenskiold venait de terminer la session du prestastefna ou consistoire, qu'il avait tenu avec l'évêque de Skalholt et les prêtres de l'île, lorsque sa nièce arriva à Thingvalla avec sa suite. Dina trouva son oncle singulièrement grave et affligé.

—Je ne puis retourner avec toi à Bessasteder, lui dit-il. Mon devoir m'appelle dans le nord du quart d'ouest. La rupture des glaces du Groenland tarde fort long-temps cette année, et les frimas ont détruit les bestiaux des Islandais, qui font leur principale richesse. On craint aussi la

6.

famine, et je dois aller me convaincre de l'état des choses, et porter remède au mal. Je ne t'engage pas à m'accompagner dans ce voyage pénible, bien qu'il pourrait t'offrir des sites non moins merveilleux que ceux que tu as admirés.

—Si Asmund continue d'être mon guide, s'écria Dina avec feu, je serai volontiers du voyage : il s'entend si bien à faire valoir les beautés de sa patrie, que je ne crains pas les dangers auprès de lui.

—Je pensais bien, reprit Tordenskiold en souriant, que la curiosité t'empêcherait de résister à la tentation. Et vous, mon neveu, dit-il au chambellan, n'aurez-vous pas trop froid? Vous pouvez retourner à Bessasteder, et me représenter dans les repas de cérémonie que doivent m'offrir les Islandais à mon retour.

—Que le ciel m'en préserve! s'écria Guldenring en joignant les mains avec effroi, et songeant au repas de noce d'Hialmar. Puisque ma vie est une fois en danger en Islande, j'aime autant geler sur les glaces du Groenland, que d'étouffer à table par leurs maudits brouets d'arètes et leurs horribles ragoûts de requin.

On se mit donc en route. La neige tombait en épais flocons que le vent chassait avec violence. Le froid augmentait à mesure que l'on s'avançait vers le nord, d'une façon terrible, et les orcans soufflaient avec tant de furie, que les cavaliers et les chevaux en étaient quelquefois renversés. Dina, qu'Asmund ne quittait pas un moment, et pour laquelle il avait sans cesse de nouvelles prévenances, supportait avec courage toutes les intempéries du climat, et le pauvre Guldenring, craignant les railleries du bailli, se contentait de laisser échapper de temps en temps de faibles soupirs. Cependant le pays se montrait toujours sous un aspect plus sauvage; bientôt on ne trouva plus de métairie sur la route, et il fallut passer les nuits dans des maisons isolées et désertes, construites exprès pour servir de gîte aux voyageurs. Un soir que l'on s'était arrêté dans un de ces tristes caravanserais, où Dina, retirée dans un réduit, commençait à se livrer

au sommeil, Asmund vint frapper doucement à sa porte en lui disant : — Venez,
noble demoiselle, venez admirer un des
plus beaux spectacles dont on puisse jouir
dans ce pays : la lumière boréale commence
à paraître.

Dina jeta promptement une pelisse de
fourrures sur ses épaules, appela Guldenring qui vint l'accompagner en mur-
murant, et se rendit devant la cabane, où
Asmund lui montra à l'horizon une lueur
rouge qui grandissait à vue d'œil. Bientôt
des rayons jaunes et rougeâtres s'échappèrent de cette partie du ciel, et vinrent
aboutir à d'autres feux qui s'élevaient sur
le côté opposé de l'horizon ; leurs nuances,
leur lumière tremblotante et leurs mouvemens variés leur prêtaient sans cesse un
nouvel éclat. Tout le ciel ne tarda pas à
briller d'un éclat semblable ; la lune et les
étoiles semblaient redoubler de clarté et
de scintillation ; et leurs rayons, répercu-
tés par la neige et la glace dont la terre
était couverte, semblaient un manteau
d'argent et de pierreries jeté sur le sol.

La nature entière parut réveillée de son repos nocturne par cette aurore inatten- due; les chevaux de la caravane piaffèrent avec impatience et s'efforcèrent de rompre les courroies qui les retenaient; on enten- dait de loin les hurlemens des ours et des renards, auxquels les chiens des Islandais de la suite du bailli répondaient par leurs aboiemens; et les insulaires eux-mêmes semblaient effrayés, et pensaient que ce terrible phénomène annonçait de grands malheurs au pays.

Asmund seul contemplait avec calme les feux du ciel, qui éclairaient d'une teinte rougeâtre ses traits pleins de noblesse. Dina avait cessé de voir le ciel, et ses re- gards se portèrent sur le jeune homme, dont ils ne pouvaient se détacher, lors- qu'elle s'aperçut que son oncle se trouvait auprès d'elle, et l'observait en secouant la tête. Elle craignit d'avoir été remarquée, et, se couvrant de sa pelisse, elle se plai- gnit du froid et se précipita dans la mai- son. Le grand-bailli la suivit un moment des yeux, et lorsqu'il l'eut perdue de vue, il se tourna vers Asmund avec l'intention de lui adresser quelques remontrances: mais tout-à-coup il se ravisa, et se retira à son tour.

Le lendemain on se remit en voyage par un ouragan qui jeta, dès les premiers pas des voyageurs, le cheval qui portait le lit de Dina et ses bagages dans un profond précipice. Asmund, sautant à l'instant à bas de sa monture, voulut y descendre, mais le vieux Bjarne accourut, et saisissant vigoureusement le jeune homme, l'entraîna avec lui. — Halte, ami Asmund, lui cria-t-il; je ne souffrirai pas que vous couriez ainsi à la mort qui vous attend là-bas. Je connais cette crevasse depuis des années, on n'en a jamais vu le fond.

— Arrêtez, Asmund! s'écria à son tour Dina en s'élançant de son cheval. Je vous ordonne de ne pas aller plus loin. J'aimerais mieux renoncer pour la vie à toutes les commodités dont cet accident me prive momentanément, que de savoir vos jours en danger.

— Je vous obéis, noble demoiselle, dit

smund; mais vous ne serez pas privée
our cela de la couche commode et moel-
euse qui vous est si nécessaire au milieu
e tant de fatigues.

Et faisant signe à Bjarne et à un autre
Islandais, il s'éloigna avec eux en gravis-
ant les rochers placés sur les bords de la
mer qui formait un golfe dans cette partie de l'île.

CHAPITRE V.

La caravane marchait toujours vers l
nord. On entendait déjà dans l'éloignemen
le craquement des montagnes de glace qu
la mer agitée jetait incessamment sur cett
malheureuse île; et aux premières trace
de population que trouvèrent les voya
geurs, ils reconnurent les tristes effets
ce fléau. On ne voyait que des prairie
submergées, du bétail noyé autour duque
accouraient des chevaux sauvages, dévo
rés par la faim, et des spectres humains
aux yeux caves, qui tendaient leurs main
décharnées vers le représentant du roi
et lui demandaient des secours et du pair

Celui-ci écouta leurs plaintes en frémis-
ant ; et, après avoir pris conseil des fonc-
ionnaires et des sysselmann, il envoya
les messagers de tous côtés, pour cher-
her dans les magasins royaux les choses
es plus pressantes et les plus propres à
ubvenir aux premiers besoins de ces mal-
eureux. Le bailli assigna aussi des sommes
à prendre sur les revenus de l'état et sur
es propres deniers, et distribua des man-
ats sur les agens de la compagnie danoise
islandaise. Après avoir pris toutes ces mesures, Tordenskiold dit à sa nièce : — J'ai
oulagé, autant qu'il était en moi, tous
es maux de ces malheureux Islandais,
mais je ne saurais supporter plus long-
temps le spectacle de leur misère. Nous
allons partir pour le port le plus proche,
et nous nous embarquerons sur le premier
navire baleinier qui retournera à Bessas-
eder. Dina accepta cette proposition avec
oie, et l'on se mit en route pour Isafiord-
shaven, le port le plus au nord de l'île.

On était arrivé le soir dans une de ces
hôtelleries désertes que l'on trouvait tou-

jours sur la route, et Dina, debout su[...]
le seuil de la porte, songeait à Asmund[...]
tout en contemplant les étoiles qui b[...]
lent, dans les nuits du pôle, d'une cla[...]
extraordinaire, lorsque Guldenring [...]
courut effrayé.

— Les choses deviennent aussi par tro[...]
diaboliques dans cette maudite île, s'éc[...]
le chambellan; ce n'est pas assez que[...]
nature y soit si horrible, il faut que[...]
voie se réaliser les histoires de revena[...]
dont m'a bercé ma nourrice. Trois figu[...]
humaines accourent au grand galop v[...]
cette métairie, et elles sont tout en feu[...]
ainsi que leurs chevaux. Ce qu'il y a[...]
moins rassurant, c'est que ces brando[...]
d'enfer chantent à tue-tête, à la manièr[...]
d'Islande, et s'égosillent à répéter q[...]
descendent des nuages.

— Dina, qui commençait à s'accou[...]
mer aux prodiges du Nord, regarda ce[...]
pendant avec inquiétude dans la campag[...]
et vit en effet trois figures de feu, qui a[...]
prochaient en chantant l'ancienne balla[...]
islandaise : « Nous arrivons sur trois ch[...]

vaux, nous arrivons des nuages..... » — reconnais la voix d'Asmund, s'écria la une fille avec joie, et elle s'élança au-devant de lui.

— Voulez-vous donc brûler sans rémis-on, belle cousine? lui dit le chambellan cherchant à la retenir.

— Oh! j'ai bien peur que ce ne soit là on sort, lui répondit-elle en souriant, ndis qu'Asmund, qui descendait de che-al, s'avançait vers elle avec grâce.

— Que vous est-il arrivé, Asmund? lui emanda Dina avec sollicitude, en s'ap-ochant de lui sans crainte.

— Ce n'est que le hraevar eidur, dit smund, une vapeur phosphorique qui attache, dans les marais, aux hommes et ax animaux, sans leur nuire, et dont on débarrasse facilement. A ces mots, il ecoua ses flammes qui allèrent se jouer utour du chambellan que la curiosité vait rendu moins circonspect qu'à l'ordi-aire, et qui, convaincu qu'il n'avait pas e danger à courir, parut prendre plaisir ce singulier phénomène.

— Je vous apporte de l'édredon frai
pour votre couche, ajouta Asmund. Me
compagnons et moi, nous sommes allé
le chercher sur les rochers qui bordent l
mer.

— Oui, au risque de nous casser le cou
murmura le vieux Bjarne.

— J'en aurais volontiers rapporté da
vantage, reprit Asmund, mais le temp
pressait, et quelque envie que j'eusse
vous servir, je n'aurais pas pu me résoud
à prendre l'édredon, à la manière cruell
de nos oiseleurs. Car ils enlèvent tout l
duvet qu'ils trouvent dans les nids, et l
pauvre mère s'arrache alors tout ce qui lu
reste sous le ventre pour couvrir ses petits
aussi ne tarde-t-elle pas à périr elle-mêm
de froid, victime de son dévoûment. Je n
vous apporte que ce que j'ai pu enleve
sans nuire à ces pauvres oiseaux, et je sui
certain que vous ne m'en saurez pas plu
mauvais gré.

— Qui diable aurait cherché des idée
aussi sentimentales, sous ce chapeau
pointu et sous cette hempe de gros drap

écria d'un air moqueur le chambellan, qui reprit son silence au coup-d'œil sérieux que lui lança le jeune Islandais.

— Vous avez un bon cœur, dit la jeune fille à son guide, et je suis fière de votre amitié. A ces mots, elle lui tendit une petite main blanche, qu'il pressa avec feu contre son sein.

— Cousine, cousine! dit Guldenring en ramenant Dina dans la maison; prenez-y garde, l'amitié va quelquefois plus loin qu'on ne veut, entre jeunes gens de sexe différent, et mon oncle n'aurait peut-être pas été fort satisfait de votre poignée de main avec cet insulaire.

~~~~~~~~~~~~~~~~~~~~~~~~~~~~~~~~~~~~~

CHAPITRE VI.

———

Le jour suivant, on arriva au havr
d'Isafiord, où un navire baleinier étai
prêt à mettre à la voile. Les magistrats qu
accompagnaient le grand-bailli, priren
congé de lui, et Bjarne lui-même reparti
avec les chevaux. Asmund resta seul au
près de Tordenskiold, qui passa à bor
du navire avec sa nièce et son neveu. O
leva l'ancre, et aux montagnes flottantes
aux blocs de glaces, entre lesquels on fu
forcé de voguer, aux longues plaines gla
cées qui s'étendaient au-delà de l'horizon
les voyageurs s'aperçurent qu'ils avançaien
sans cesse davantage vers le pôle-nord

C'était un spectacle qui n'était pas sans quelque plaisir pour eux, que ces montagnes de glace, qui représentent à l'imagination tout ce que l'œil a vu sur la terre, et où la nature semble se divertir à reproduire les ouvrages de l'art. Tantôt, c'était une église avec un clocher qu'on se figurait voir dans le lointain; tantôt, un château avec ses tours et ses créneaux; quelquefois c'était un vaisseau qu'on croyait voir fendre la mer à pleines voiles; d'autres fois, c'étaient de grandes îles couvertes de plaines, de vallons et de montagnes, dont la tête s'élevait à six cents pieds au-dessus du niveau de la mer. Ces blocs et ces masses, grandes ou petites, se heurtaient, se brisaient, se rejoignaient et s'entassaient tour-à-tour l'une sur l'autre. Quelques-unes étaient claires et transparentes comme du verre, d'un vert pâle ou d'un bleu céleste; d'autres tiraient sur le gris et même sur le noir. On y voyait comme des arbres avec leurs branches et des flocons de neige à la place des feuilles. Ici, des colonnades et des arcs de triomphe; là des

portiques et des façades avec des fenêtres
et les rayons de lumière azurée qui s'écha-
paient du fond de ces miroirs naturels, ré-
fléchissaient au-dehors comme des images
de gloire céleste. De temps en temps on
voyait passer des volées de hoche-queues
que les Norwégiens nomment flenske, et
quelques mouettes d'Ecosse, ou nerdler-
laks, qui cherchaient en vain un rivage et
des traces de végétation.

Les monceaux de glace qui nageaient
sur la mer, rendaient, à chaque moment,
la navigation plus difficile et plus péril-
leuse, et le pilote craignait toujours que
la force des courans ne poussât et ne brisât
le vaisseau contre ces écueils mouvans;
car, il savait que la marée ou la tempête
venant à rapprocher les glaces, elles auraient pu croiser le bâtiment, l'investir et
le mettre en pièces.

Un kaiak ou canot groenlandais, qui
précédait le navire, donna le signal d'u-
sage pour annoncer l'approche d'une baleine; et en effet, on ne tarda pas à
apercevoir les deux jets d'eau qui s'é-

...lançaient, à une hauteur prodigieuse des deux narines de l'immense animal. Asmund s'élança aussitôt, un harpon à la main, dans une des deux chaloupes préparées pour la pêche, et s'avança hardiment contre l'ennemi, accompagné des regards d'inquiétude et des prières de Dina. L'embarcation, marchant contre le vent et le soleil, se dirigea sur la baleine, de manière à ce qu'elle ne pût voir ni entendre les pêcheurs qui l'attaquaient. Asmund prit la rame, et menant le canot derrière une grosse lame, il s'avança vite et sans bruit, jusqu'à la portée de cinq ou six brasses, tenant, tout prêt à le lancer, son harpon auquel étaient attachées une corde et une vessie. Il retint alors sa rame de la main gauche, et, prenant le harpon de la main droite, il le lança droit à la baleine, dans les flancs de laquelle il l'enfonça jusqu'au bout des barbes de l'os de requin où le fer était enchâssé, et la vessie resta flottante sur les eaux, qui se teignirent de sang. L'animal, furieux, s'agita avec rage, et se débattit à grands coups de queue, qui eus-

sent infailliblement brisé la barque, si Asmund ne l'eût rapidement détournée avec
sa dextérité ordinaire. La baleine s'enfonça
alors sous les eaux, entraînant après elle,
avec tant de rapidité, la corde du harpon
qui était restée attachée au canot, que le
frottement enflamma le bois de la barque,
sur lequel les pêcheurs se hâtèrent de ver-
ser de l'eau glacée. Mais la vessie ne tarda
pas à reparaître sur l'eau, et l'intrépide
Asmund, reconnaissant que la baleine allait également remonter pour reprendre
haleine, observa la place où flottait ce signe,
et se prépara à lancer un second harpon;
ses compagnons l'imitèrent. A peine l'animal se fut-il montré à fleur d'eau, qu'il fut
criblé de dards. En vain la baleine, usant
de l'instinct que la nature lui a donné de
vendre chèrement sa vie, chercha-t-elle à
engloutir les pêcheurs, en vomissant de
grosses lames sur leur barque, et en fouet-
tant les flots de sa queue pour les faire re-
jaillir en écume, la ruse et la puissance
de l'homme triomphèrent dans cette lutte
inégale, et bientôt le cadavre gigantesque

lotta paisiblement sur les ondes. Asmund s'élança sur le dos du monstre vaincu, et se fit remarquer ainsi vers le vaisseau par ses compagnons. Dina rougit de plaisir en contemplant le jeune Islandais qui s'approchait debout sur la baleine, fièrement appuyé sur sa pique; et Guldenring lui dit à voix basse, d'un ton ironique, que tout vainqueur, ne fût-ce que le vainqueur d'un poisson, avait droit à toucher le cœur des belles. On descendit du navire des crocs suspendus à des câbles, et les matelots, armés de couteaux et de haches, allèrent dépecer l'animal et séparer l'huile de la graisse, tandis que des milliers de voraces mallemukkes, attirés par l'odeur accouraient en faisant entendre d'affreux croassemens, et en battant lourdement des ailes pour venir prendre leur part de cette proie.

On se réjouissait dans le vaisseau, de cette prise, et l'équipage félicitait Asmund de son adresse, lorsqu'un orcan terrible souffla du pôle. Le vaisseau commença à rouler d'une manière effrayante, et les glaces, soulevées de tous côtés, firent en-

tendre d'horribles craquemens, et fur
en peu d'instans, sillonnées de vastes
vasses béantes. D'épaisses vapeurs s'
vaient des pyramides de glace contre l
quelles venaient battre les flots de la m
et retombaient en pluie, balayées par
vents. Le navire semblait tourbillon
sur lui-même, tant les mouvemens
lui imprimait l'ouragan étaient rapides
violens. Dina, frappée d'effroi, tenait
oncle embrassé, et le chambellan s'é
attaché au mât de foc qu'il serrait,
proie à la plus vive frayeur. Asmu
saisi de crainte pour celle sur qui il s'é
fait un devoir de veiller, criait au tim
nier la manœuvre qu'il fallait tenir; m
celui-ci ne pouvait l'entendre dans ce t
multe des élémens, et le jeune hom
impatient, s'élançait déjà à la barre
gouvernail pour la diriger lui-même, lor
que deux montagnes de glaces, pouss
par l'aquilon, vinrent frapper le navir
et soulevèrent perpendiculairement
poupe. Tout l'équipage tomba à genou
désespérant de son salut, et Asmund, m

urant le danger d'un coup-d'œil s'élança
d'un bond dans le canot, au péril de sa
vie, et le démarra en toute hâte. — Venez
à moi par l'échelle, au nom du ciel ! sau-
vez-vous, cria-t-il à Dina et à Torden-
kiold. Ils se hâtèrent de descendre dans
la barque, avec toute l'énergie que donne
le danger, et Guldenring les suivit en
poussant de longs gémissemens. Asmund
prit aussitôt les rames, et les fit voler avec
tant d'ardeur, que ses mains se dépouil-
lèrent de leur épiderme et que le sang
jaillissait de ses ongles, et bientôt il atteignit une île de glace où il amarra son embarcation. Ils en sortirent tous en silence,
remerciant Dieu en leur cœur de les
voir sauvés, et écoutant, les yeux bai-
gnés de larmes, les cris de désespoir de
l'équipage. Asmund s'empressa de transporter quelques pièces de bois du canot,
sur la glace, et en quelques momens, il
eut allumé un feu brillant, auprès duquel
il plaça la tremblante Dina, épuisée par
cette scène d'horreur.

Il cherchait à la ranimer, lorsque de

nouveaux cris se firent entendre. Ils étaie[nt]
proférés par Guldenring qui s'attac[he]
avec frayeur à ses vêtemens. Asmu[nd]
tourna la tête, et aperçut deux énorm[es]
ours blancs qui se dirigeaient avec [de]
sourds grognemens et une majestueu[se]
lenteur, vers le feu qui brillait sur [la]
glace.

— Ciel! s'écria Asmund, si je péris q[ui]
sauvera notre noble demoiselle. Je vo[us]
en supplie, seigneur Magnus, montre[z]
vous homme, cette fois seulement! E[n]
disant ces mots, il lui mit un harpo[n]
dans la main.

— Votre supposition me blesse singu[-]
lièrement, dit le chambellan en prena[nt]
le harpon avec plus de résolution qu'o[n]
n'aurait pu en attendre de lui, et en su[i-]
vant Asmund. Celui-ci, muni d'une ar[me]
semblable, courut se jeter sur l'un d[es]
ours qui, assis sur son derrière et les patt[es]
levées, attendait, la gueule béante, s[on]
courageux adversaire. La main exerc[ée]
d'Asmund le frappa droit au cœur et l[e]
fit rouler sur la glace. Il s'avança aussit[ôt]

vers le second de ces animaux, mais celui-ci peu jaloux de partager le sort de son compagnon, s'éloigna lentement, en se retournant de temps en temps, comme pour témoigner que ce n'était pas la frayeur qui le déterminait à opérer sa retraite.

Dina reçut son libérateur avec des larmes de joie, et Guldenring se jeta dans les bras du jeune homme et l'embrassa avec effusion. Mais ce court moment de joie fut cruellement troublé. De nouveaux craquemens annoncèrent la destruction complète du navire. On vit distinctement l'équipage se jeter dans la chaloupe qui ne tarda pas à être emportée vers le pôle, comme une flèche rapide; et quelques momens après, la carcasse du vaisseau abandonné, toujours plus resserrée par les glaces, éclata avec un fracas terrible, et tomba en morceaux dans la mer. Quelques éclats volèrent jusque sur l'îlot où se trouvait Dina, qui tomba privée de sentiment, en voyant s'échapper son dernier espoir de salut.

II. 7.

Asmund laissa à Tordenskiold le se...
de rappeler sa nièce à la vie, et partit, av...
Guldenring , pour arracher aux déb...
flottans du navire quelques tonnes de pr...
vision , qui pouvaient prolonger quelqu...
temps leur existence sur ces glaces d...
sertes. Ils parvinrent à s'en emparer, et l...
chambellan ne put s'empêcher de faire une...
piteuse grimace , lorsqu'en les ouvrant...
on n'y trouva que du hafkal et du bland...
cette boisson qu'il avait prise en si grand...
aversion.

Guldenring se trouva cependant for...
heureux de prendre sa part du repas qu...
prépara Asmund à l'aide de ces provisio...
et de la chair d'ours qu'il fit rôtir à l'extr...
mité d'un harpon. Dina , que son év...
nouissement avait plongée dans un pr...
fond sommeil , ne dédaigna pas non pl...
de toucher à ce triste festin, et ranima s...
forces en jetant des regards pleins de r...
connaissance sur le jeune Islandais augu...
elle devait deux fois la vie.

— Tu es notre sauveur, mon fils, l...
dit Tordenskiold ; nous te devons not...

salut, cette chaleur bienfaisante, notre subsistance : pourrai-je jamais te récompenser? Ravi de ces paroles amicales, Asmund pressa la main du vieux gouverneur contre ses lèvres, tandis que Dina semblait remercier son oncle par des regards affectueux.

Le soleil s'abaissa sur les glaciers et les couvrit d'un rouge de sang. La mer redevint calme et les étoiles brillèrent d'un vif éclat. Le feu qu'Asmund entretenait assidûment pétillait avec clarté. Les malheureux naufragés, accablés de fatigues et de maux, s'endormirent profondément sur la glace; et, au lever du jour, ils aperçurent l'infatigable Asmund, qui avait veillé sur eux, et qui préparait déjà leur repas.

Plusieurs jours se passèrent ainsi. Les provisions islandaises que Guldenring avait tant dédaignées commençaient à s'épuiser, et le délicat chambellan songeait avec désespoir au moment où le fétide hafkal et l'aigre blanda viendraient à lui manquer, lorsqu'Asmund, qui ne cessait de parcourir la mer, en abordant avec son canot d'une île de glace à l'autre, revint, hors de lui-même, annoncer qu'il avait découvert un navire baleinier, et en même temps il se mit à briser les tonnes et les agrès de la barque pour augmenter la vivacité du feu qui devait servir de signal. Bientôt, en effet, on vit arriver une chaloupe, montée par des lootses islandais, qui recueillirent les naufragés et les transportèrent au navire. Les desirs du gouverneur de l'Islande furent un ordre pour le capitaine de renoncer à sa pêche et de faire voile pour Bessasteder. Poussés par un vent favorable, le bailli et sa suite arrivèrent au port Holm, après une traversée que Dina trouva fort courte ; car elle la passa auprès d'Asmund, peu surveillée par son oncle que la reconnaissance rendait indulgent, et ne tenant nul compte des remontrances de son cousin le chambellan.

~~~~~~

CHAPITRE VII.

———

Dina sommeillait une nuit à Bessasteder, sur l'édredon recueilli par Asmund, lorsqu'un grand tumulte se fit entendre dans la cour du château. Elle se réveilla en sursaut, et fut frappée d'effroi à la vue de la clarté soudaine qui s'était répandue dans sa chambre : elle se leva précipitamment et courut à la fenêtre qui donnait du côté de l'ouest ; mais elle détourna la tête, saisie de terreur, car une aurore sanglante lui montrait huit soleils à l'horizon, rangés autour d'un astre semblable. Anna Thyrsklingur et le bailli accoururent à ses cris.

— Je viens moi-même pour te tranquil-

liser sur l'apparition de ce météore extraordinaire, lui dit le gouverneur; les super-
stitieux Islandais, qui ignorent que ce n'est
que le résultat de la réflection des neiges
dans le voisinage du pôle, en sont eux-
mêmes fort alarmés. Mais un autre danger,
que ces pauvres gens ne soupçonnent pas,
nous menace de maux plus réels. Un vaisseau s'est montré à la hauteur de l'île, et,
si ma lunette ne m'a trompé, sa construction annonce un pirate barbaresque*. Ce
n'est pas la première fois que les infidèles
descendent dans cette île. J'ai donné aussitôt l'ordre de mettre le château du port en
état de défense, et de faire un appel à tous
les habitans en état de porter les armes.
Cependant j'ai tout lieu de craindre que
Bessasteder ne tombe entre les mains des
ennemis; car la population est éparse à

---

* Des corsaires turcs et algériens firent, en effet, plusieurs irruptions en Islande; en 1627, ils y commirent
d'horribles cruautés, en enlevèrent deux cent quarante
hommes; et en 1687, ils pillèrent une partie de l'île.
Voyez Horrebow, auteur danois, et Anderson.

(*Le Trad.*)

de grandes distances, et un grand nombre d'insulaires est parti pour la pêche dans le sud. Hâte-toi donc de t'éloigner. Tu vas te rendre à Skalholt, auprès de mon vieil ami, l'évêque Thord Thorlackson.

Tandis que le bailli parlait ainsi, le bruit du canon se faisait entendre du port Holm, et peu de momens après, Asmund, à la tête d'une foule d'habitans, arriva au château.

— Les pirates sont débarqués ! s'écria-t-il en se précipitant dans la chambre. Ils ont trois frégates, et toute défense serait inutile. Ils sont déjà maîtres du château, et l'esclavage vous attend, si vous ne vous hâtez de fuir. J'ai déjà préparé vos chevaux ; ne perdez pas un moment, ou il serait trop tard pour leur échapper.

— C'est encore à toi que je veux confier ma nièce, lui dit Tordenskiold. Accompagne-la, avec ta mère, jusqu'à Skalholt, où elle va se rendre.

— Vous ne seriez pas même en sûreté à Skalholt, répondit Asmund. Je sais un lieu retiré où les forbans ne pourront vous atteindre. Venez, monseigneur!

— Tu veux que je m'éloigne, moi! s'écria le vieux bailli en colère. Le roi m'a confié cette île, et je dois rester pour la défendre. Pour toi, je t'ordonne de partir avec ma nièce et ses femmes.

Asmund allait résister; mais un signe sévère du vieillard le contraignit d'obéir. Il sortit en soupirant, et Anna monta avec Dina, qui sanglotait, sur les chevaux que gardait le vieux Bjarne. Sur leur route, ils rencontrèrent quelques Islandais, qui se rendaient à Bessasteder, armés de harpons, de piques, et quelques-uns de fusils. On entendait déjà retentir de loin les cris des infidèles. Bjarne et Asmund ne cessaient d'aiguillonner les chevaux, et, après une heure de marche, ils se trouvèrent dans une contrée nouvelle pour Dina, qui s'informa avec inquiétude du lieu où l'on se rendait; car elle se rappelait que Skalholt se trouvait au sud, et l'on se dirigeait en prenant au nord de Thingwalla.

— Dieu me préserve de vous conduire

à Skalholt! s'écria Asmund; je vous con-
duirais dans les griffes du tigre. Une bande
de pirates s'est dirigée de ce côté.

— N'entends-je pas un bruit de chevaux
derrière nous? demanda Anna avec inquiétude.

— En effet, dit Bjarne; et si je ne me
trompe, c'est M. le chambellan qui vient
à nous à bride abattue.

— Bessasteder est pris, et tout est
perdu! s'écria celui-ci en arrêtant son
cheval.

— Où est mon oncle? demanda vivement la jeune fille.

— Le bailli a été pris par les corsaires,
répondit Guldenring en essuyant la sueur
qui découlait de son front.

— Et vous avez abandonné notre digne
gouverneur, sans pitié! N'êtes-vous pas
honteux, seigneur chambellan! s'écria
Bjarne, tandis que Dina jetait des cris de
désespoir, et qu'Asmund, flottant entre
deux pensées contraires, retenait la bride
de sa monture. Tout-à-coup, on entendit
retentir, du côté du nord, la vieille chan-

son de guerre islandaise, et une troupe nombreuse de cavaliers armés de piques, accourut de cette direction : c'était la milice du quart d'ouest, qui, à la première nouvelle du danger que courait la résidence, était montée à cheval pour venir défendre celui qui avait répandu récemment tant de bienfaits sur la contrée.

— C'est Dieu qui vous envoie! leur cria Asmund. Bjarne, je te confie la noble demoiselle et ma mère. Tu les conduiras au Gaitlandjœkul, dans la caverne de Hraun, à gauche du chemin, et tu y attendras de mes nouvelles.

— Que voulez-vous faire, Asmund, s'écria Dina en le retenant.

— Mourir ou sauver votre oncle! s'écria celui-ci en agitant sa pique avec enthousiasme.

— A moi, compatriotes! reprit-il; que le nom de Tordenskiold soit notre cri de guerre.

— Tordenskiold! notre père! s'écrièrent tous les cavaliers; et l'escadron, s'ébranlant d'un seul mouvement, se précipita sur la route de Bessasteder avec la rapidité d'un vent d'ouest.

— Par ma barbe, dit Bjarne en regardant Asmund s'éloigner, c'est là une jeune épée, comme nous les représentent nos vieilles sagas islandaises; on n'en trouve plus de semblables aujourd'hui. N'est-ce pas, mon noble gentilhomme? ajouta-t-il en se tournant vers Guldenring. A votre place, moi, je serais retourné avec eux pour délivrer mon oncle; mais vous aimez mieux galoper gaîment vers le nord, quand il y a des coups à recevoir dans le sud.

— Je dois servir de protecteur à ma cousine, répondit Guldenring embarrassé.

— J'étais protégée avant que vous ne vinssiez nous rejoindre, répondit la triste Dina, et l'expérience m'a appris que je ne devais pas beaucoup compter sur vous dans le danger. Mais, dit-elle à Bjarne, d'où vient cette épaisse fumée que je vois s'élever au sud-ouest?

— Dieu de bonté! elle vient de Skalholt, s'écria Anna; les infidèles y sont déjà!

Bjarne tourna alors rapidement les chevaux vers le nord-ouest, où le colosse de glace, nommé le Gaitlandjœkul, portait sa coupole étincelante jusqu'aux nues. Ils avaient fait une centaine de pas, lorsque la terre commença à trembler sous les pieds des chevaux, avec un bruit épouvantable. Les coursiers s'arrêtèrent, effrayés, leurs narines ouvertes, et secouant l'écume, et les voyageurs se regardèrent avec effroi. Un bruit semblable à celui de plusieurs pièces d'artillerie se fit entendre sur le glacier.

—C'est la voix du Jœkul, il est ouvert! s'écria Bjarne d'une voix lamentable, et ôtant son chapeau, il se mit à prier avec ferveur.

Une large colonne de feu et de fumée s'éleva du sommet de la montagne, d'où s'élançaient de moment en moment d'énormes quartiers de roches enflammées et des ruisseaux de lave. Un fleuve de feu se fraya un passage sur ses flancs, et s'avança lentement dans la plaine, répandant dans l'atmosphère une noire et fétide

vapeur de soufre, qui obscurcissait l'horizon, que de nouvelles flammes éclairaient momentanément, lorsque le torrent
destructeur embrasait une métairie sur
son passage. Dina, glacée d'effroi, semblait sur son coursier immobile, une statue
d'albâtre, et le pauvre Guldenring conservait à peine assez de forces pour se soutenir sur son cheval. Bientôt les flammes
qui s'élevaient du cratère s'apaisèrent, la
terre cessa de trembler, et le fleuve de
feu, n'étant plus alimenté, s'arrêta dans
son cours.

— Le feu était trop violent, il ne pouvait durer, dit Bjarne en reprenant haleine. Nous n'avons pas à craindre une
irruption de quelque temps; hâtons-nous
donc d'arriver.

— Les pirates sont derrière nous, et
un gouffre enflammé est devant nos pas,
s'écria courageusement Dina; n'importe,
avançons, il vaut mieux se remettre entre
les mains de Dieu, que dans celle des
hommes!

A ces mots, elle pressa de son talon le

flanc du petit coursier islandais qu'elle
montait, et le reste de la troupe la suivit.
A mesure que l'on avançait, une atmosphère brûlante annonçait l'approche du
volcan, qui avait couvert de lave encore
fumante la route qu'ils étaient forcés de
suivre. Guidés par Bjarne, les voyageurs
tournèrent la montagne, et après un assez
long trajet, ils arrivèrent enfin au Gaitlandjœkul, au pied duquel s'offrait une
vaste caverne.

—Notre noble demoiselle sera en sûreté
ici, dit Bjarne en pénétrant dans une grotte
qui avait été formée jadis par la lave. Les
murs, la voûte, le sol, tout était composé
de cette matière calcinée, qui formait
de magnifiques cristaux, divisés en larges
compartimens, mélangés d'ambre noir, de
veines de bitume et de soufre, vertes et
jaunes, de spath violet et des nuances les
plus éclatantes du règne minéral. Un ruis-
seau d'eau chaude traversait la grotte, et
se creusait un bassin devant quelques
bancs de pierre, couverts de tapis de
mousse de lichen, qui offraient des sièges

commodes, sur lesquels se jetèrent les voyageurs accablés de fatigue.

— Qui ose venir troubler ma solitude? s'écria du fond de la grotte une voix menaçante; et en même temps un personnage effrayant se montra dans le demi-jour qui pénétrait à travers les anfractuosités du rocher. Il était couvert d'une peau d'ours blanc, et appuyé sur un épieu; une longue barbe grise tombait jusque sur sa ceinture. Les femmes poussèrent des cris d'effroi, et Guldenring gagna, d'un bond, l'entrée de la caverne. Le seul Bjarne demeura immobile, et demanda, au nom de l'hospitalité, à l'ermite de ne pas refuser un abri à la fille du gouverneur de l'île.

Le vieillard jeta les yeux sur Dina, et ému par sa touchante beauté: — Les hommes, dit-il, n'ont pas mérité que je leur montre quelque pitié; mais cette enfant, dans les traits de laquelle se peignent la douceur et l'innocence, a droit à ma compassion. Ne craignez rien, dit-il en lui tendant la main; je vous donnerai le peu que j'ai moi-même. Et se rendant au fond de la grotte, il revint quelques momens après, apportant sur quelques plats de bois noir nommé suturbrand, artistement découpé, du pain de lichen et de graine de Syra, un morceau de viande de renard salée, et un flacon d'une boisson extraite des feuilles de l'haltasollig.

Dina toucha à peine aux mets qu'on lui offrait, sur lesquels se jeta avec voracité le chambellan, malgré son dégoût pour la cuisine islandaise; et Anna s'informa de l'ermite si l'on devait craindre une nouvelle irruption du Gaitlandjœkul.

— Soyez tranquille, dit celui-ci d'un air égaré, le gosier de la vieille géante a trop craché aujourd'hui, pour qu'il se vide de nouveau de long-temps; mais si Dieu exauce mes prières, la prochaine irruption du Gaitland sera le signal de la destruction complète du mauvais génie d'Islande, qui a appelé le feu éternel du fond de la mer, pour donner aux hommes un avant-goût de l'enfer.

— Cet homme est effrayant, dit la jeune fugitive à voix basse.

— Plus je le regarde, dit Bjarne, plus je me rappelle ce visage. Sans sa barbe et sa peau d'ours, je croirais l'avoir entendu prêcher dans notre église.

— Par Dieu, c'est le pauvre Helge Holson! s'écria Anna.

A ce nom, les traits du vieillard se contractèrent; ses yeux pétillèrent d'un vif éclat, et il s'avança sur la vieille Thyrsklingur, son épieu levé : — Ne t'avise pas de prononcer encore une fois ce nom, méchante sorcière! s'écria-t-il. Je ne suis pas Helge Holson; celui-là est dès longtemps enseveli dans la mer de soufre de Myvatn, où l'a précipité le désespoir que lui a causé la rigueur de ses juges. Je suis l'ermite du Gaitlandjœkul, et je n'aurai de nom que lorsque les juges me rendront le mien qu'ils m'ont ôté. Alors on entendra du haut des glaciers : « Que celui qui « est exempt de péchés jette la première « pierre»! Si quelqu'un s'avise de me donner un nom avant ce jour-là, je lui percerai le cœur de cet épieu, et le cratère du Gaitland lui servira de tombe.

Il rentra en hurlant dans l'intérieur de la caverne, où personne ne fut tenté de le suivre. Dina, touchée de pitié, demanda à Bjarne qui était cet infortuné.

— C'est un prêtre évangélique de l'île, répondit tristement celui-ci; un digne ministre, bien savant. La modicité de sa place ne lui permettant pas de prendre une femme, il ne put résister à la tentation de la chair, et s'oublia dans un moment de faiblesse. La jeune fille qu'il avait séduite mourut en lui donnant un fils. Pour lui, il fut déposé, et l'on n'avait jamais entendu parler depuis de Helge Holson.

— Il a commis un grand péché, dit la pieuse Anna, mais il l'a durement expié, et Dieu lui pardonnera.

Guldenring annonça, en ce moment, un cavalier qui accourait à toute bride. C'était Asmund, dont le cheval s'abattit de fatigue à l'entrée de la caverne, et qui s'avança avec peine, le visage couvert de sang.

— Votre oncle est sauvé, cria-t-il à Dina, et il tomba sans connaissance à ses pieds.

La jeune fille, hors d'elle-même, combattant avec la joie, la terreur et l'espérance, posa la tête du généreux Asmund sur ses genoux, tandis qu'Anna, désolée, jetait sur le visage de son fils quelques gouttes d'eau de la source, et pansait, en l'arrosant de ses larmes, une blessure qu'il avait reçue au front. Asmund ouvrit bientôt les yeux.

— Les pirates avaient déjà quitté le château, dit-il, lorsque nous y arrivâmes, et la cour était jonchée de cadavres. On voyait de loin les flammes de Skalholt que les forbans venaient d'incendier, et leurs cris se faisaient entendre sur la route de Port-Holm. Nous nous mîmes à leur poursuite, et nous les aperçûmes bientôt qui emmenaient vers le port les bestiaux et tout ce qu'ils avaient enlevé. Nous ne leur laissâmes pas le temps d'y arriver, et la surprise, l'embarras de leur butin, nous donnèrent en quelques momens la victoire. Ceux des pirates qui échappèrent se rembarquèrent aussitôt, et tous nos compatriotes, ainsi que notre digne gouverneur, furent délivrés de leurs mains.

— Asmund, s'écria Dina, comment pourrons-nous jamais reconnaître tant de bienfaits?

—-Laissons cela, noble demoiselle, dit le jeune homme en étouffant un soupir. Il faut penser maintenant à vous reposer, car le soleil est déjà sur l'horizon, et il serait impossible de retourner pendant la nuit à Bessasteder.

—Je n'oserai jamais passer la nuit dans la caverne de cet ermite, s'écria Dina avec frayeur.

—Je connais ce pauvre vieillard, répondit Asmund; je l'ai souvent vu dans mes chasses. Il est malheureux, mais sa bonté est extrême, et il vous offrira, j'en suis sûr, un gîte agréable. Bjarne, tu resteras dans la caverne avec M. le chambellan, et tu attendras mon retour.

—Grand merci de la charmante nuit que vous me préparez, dit Guldenring. Mais Asmund, sans l'écouter, emmena les deux femmes au fond de la caverne.—As-mund est là! cria-t-il à l'ermite, qui parut aussitôt. — Conduis-nous à Aredal, ami ermite, lui dit le jeune Islandais, nous y passerons la nuit.

— Je n'ai rien à te refuser, dit le vieillard; et prenant la main d'Anna, il la conduisit à travers un passage obscur, tandis qu'Asmund et Dina les suivaient. Ils marchèrent long-temps dans l'obscurité, sous une voûte de lave, et n'aperçurent la clarté du jour qu'au moment où elle commençait à s'éclipser.

— Vous êtes arrivés, dit l'ermite, en conduisant les deux femmes en dehors. Pour moi, je me suis imposé la loi de ne jamais entrer dans ce paradis terrestre, dont mes péchés me défendent l'entrée. Les cœurs purs trouvent seuls quelque satisfaction dans ce lieu de délices.

Dina s'arrêta, frappée d'étonnement à la vue du tableau qui s'offrait à elle. Le lieu où elle se trouvait était un vallon environné de tous côtés de rochers, au-dessus desquels on voyait le pic du Gaitland : l'air y était pur et doux comme sous le ciel d'Italie, et le sol, doucement échauffé par la chaleur toujours égale des feux souterreins, était couvert de fleurs qui ne viennent d'ordinaire que sous des zones plus heureuses. Des arbres à fruits, éclairés par les derniers rayons du soleil, étaient doucement agités par un zéphyr léger, et mille parfums se répandaient au-dessus de ce brillant parterre. Asmund conduisit Dina sous un pavillon de mousse. — Voici votre appartement pour cette nuit, lui dit-il; ma mère demeurera avec vous; pour moi, je vais veiller à votre sûreté; et pressant la main de la jeune fille contre ses lèvres brûlantes, il disparut. Celle-ci ne tarda pas à s'endormir aux chants des oiseaux, et doucement bercée par les songes rians que lui inspirait ce lieu agréable.

~~~~~~

CHAPITRE VIII.

——

Dina se réveilla aux premiers rayons du soleil, et parcourut le vallon pour rencontrer Asmund, qu'elle ne put aborder sans rougir.

— Asmund, lui dit-elle d'une voix ferme, j'ai un secret important à te dire, un secret que je renferme dans mon sein depuis notre naufrage et ton généreux dévoûment. Tu m'aimes, et tu as dès long-temps deviné que mon cœur te paie de retour. Nous ne saurions trouver le bonheur qu'ensemble; loin l'un de l'autre, il faudrait y renoncer. Je connais mon oncle; son âme est généreuse, mais elle est dominée par l'orgueil de la naissance, et jamais il ne

consentira à notre union. Je suis résolue à
ne pas sacrifier ton bonheur et le mien à
ses préjugés. Sans toi, je n'existerais plus;
je veux te consacrer cette vie que tu m'as
donnée. Demeurons avec ta mère dans cette
vallée ; le prêtre de la grotte bénira nos
vœux, et nous n'existerons plus pour le
reste de la terre. Il est facile de dérober
nos traces ; on nous cherchera, puis on
pleurera quelques jours, et l'on nous oubliera, tandis que nous coulerons ici des
jours heureux. Prends ma main, Asmund,
elle est à toi, et allons nous jeter aux genoux de ta mère, et la supplier de bénir
notre union.

— Jamais mon devoir ne m'aura tant
coûté à remplir qu'aujourd'hui, noble demoiselle, dit Asmund ; votre oncle a sur
vous des droits de père ; il commande ici
au nom du roi à qui nous avons juré fidé-
lité, et il vous a confiée à moi : ce m'est
un triple motif de rejeter un bonheur qui
comblerait toutes mes espérances sur la
terre. Je vous ramenerai aujourd'hui à Bessasteder, et Dieu fera le reste. Il sait mieux

que nous, pauvres hommes que nous sommes, ce qui nous convient, et ils ne m'oubliera pas dans sa grâce, lorsque j'aurai satisfait à ma conscience.

— Noble jeune homme! s'écria Tordenskiold que l'ermite venait d'introduire dans le vallon, et qui avait assisté, sans être vu, à ce généreux débat, eussé-je tout l'orgueil que me prête ma nièce, comment pourrais-je résister à ta vertu? Tu aimes Dina : reçois ma bénédiction; elle est ton épouse.

Trois mois plus tard, quelques jours après que le chambellan Magnus Guldenring eut quitté l'Islande, avec le serment de n'y jamais revenir, l'évêque Thord Thorlackson bénit, sous le dôme restauré de l'église de Skalholt, le mariage de Dina et d'Asmund Thyrsklingurson, que le roi de Danemarck, sur le rapport de son grand-bailli, venait de nommer landvogt d'Islande et chevalier de l'ordre de Dannebrog. L'évêque fut assisté dans cette cérémonie par le nouveau ministre du presbytère de

Stad, Helge Holson, qui avait trouvé grâce
devant le consistoire, et à qui la raison
avait été rendue par la joie de sa réinstal-
lation. Le vieux Tordenskiold, qui se tenait auprès des époux, tendit, après la bénédiction, sa main à l'honnête timonier
Thyrsklingur, qui la serra cordialement,
se réjouissant d'avoir, disait-il, mené la
barre du vaisseau qui apportait à son fils
le bonheur et la fortune; et se tournant
vers la fiancée, il ajouta en riant : Ne vous
disais-je pas, en abordant l'Islande : « quand
« vous connaîtrez ma belle patrie, vous ne
« voudrez plus la quitter ! »

—Quel miracle est impossible à l'amour,
répondit à voix basse Dina, en se jetant
dans les bras de l'heureux Asmund.

FIN D'ASMUND THYRSKLINGURSON.

GUNIMA.

GUNIMA.

CHAPITRE PREMIER.

Sur la terrasse de sa belle maison, ombragée d'amaquas en fleur, le très riche et très épais Jacob Van der Spuy, quatrième marchand et winkelier de la compagnie hollandaise des Indes Orientales au Cap de Bonne-Espérance, était assis dans un sopha, et jouissait de son repos avec tout le calme batave. Sur un plateau d'argent s'élevait une gigantesque théière du même métal, près de laquelle on voyait un crachoir de porcelaine du Japon et une douzaine de pipes. Debout devant lui, l'intendant de l'habitation, le bonnet sous le bras et le redoutable samboc ou fouet de cuir de rhinocéros à la main, faisait son rapport journalier avec un grand flegme.

— Avec la permission de mon noble maître, Janvier a volé la ration de tabac de Février, et l'a vendue à Mars pour une bouteille d'eau-de-vie enlevée du magasin.

— A chacun une pipe, décida Van der Spuy, fumant la sienne à grosses bouffées.

— Et, sauf la permission de votre honneur, après avoir long-temps cherché Apollon, je l'ai trouvé dans l'étable près de Pallas, qui ne s'occupait pas des vaches.

— Deux pipes à cette canaille, dit Van der Spuy en fronçant le sourcil.

—Il y a aussi Lundi et Mardi, poursuivit l'inspecteur, qui se sont pris aux cheveux à cause de la jolie Dimanche que vous avez achetée hier, et Mardi a reçu un coup à la tête, qui le fait saigner comme un marsouin.

— Lundi sera ferré aux pieds et aux mains, cria le juge rouge de colère, et il recevra six pipes : le coquin aurait pu me tuer Mardi, qui me coûte cent ducats!

— Faites-leur grâce, seigneur, s'écria un beau jeune homme qui accourait gaîment; si ces pauvres diables sont obligés de fumer tant de tabac, ils finiront par avoir des maux de tête.

— Vous arrivez sans doute d'Europe, mon noble sire ; puisque vous êtes si ignorant, dit l'inspecteur, tandis que son maître considérait avec étonnement ce hardi personnage; ne savez-vous pas qu'au Cap on bat les noirs autant que dure une pipe allumée, parce qu'il serait trop ennuyeux de compter les coups?

— Grand Dieu! les esclaves ne sont-ils pas des hommes? s'écria le jeune homme saisi d'une horreur manifeste.

— Avant de venir nous faire un discours sur les droits de l'homme, interrompit Van der Spuy, veuillez bien, mon ami, me dire qui vous êtes et ce que vous demandez chez moi?

— Je venais embrasser un père; mais j'étais loin de m'attendre à être accueilli ainsi.

— Quoi! tu serais Benjamin? dit le
vieux marchand, et la satisfaction se peignait sur sa large face, tandis qu'il admi-
rait la mâle beauté de son fils. Approche
et baise-moi la main, ajouta-t-il; ta présence me réjouit.

— Hélas! je ne saurais me réjouir avec
vous, répliqua celui-ci avec une fermeté
modeste; les cris de douleur des malheureux esclaves accompagnent mal les premiers épanchemens d'un père avec son
fils. Oh! accordez-moi une nouvelle marque de votre tendresse, faites célébrer
mon arrivée par une amnistie générale,
comme le font les monarques dans les
circonstances heureuses.

Cette comparaison chatouilla vivement
l'orgueil mercantile du vieux négociant,
qui n'avait jamais trouvé qu'il existât une
grande distance entre des souverains et les
hauts fonctionnaires de la compagnie des
Indes. Il instruisit toutefois son fils que
les noirs étaient une race perverse, et que
les coups de bâton devaient lui être dis-
tribués par rations comme l'eau-de-vie et

le tabac, si l'on voulait en tirer quelque
chose. Van der Spuy prononça cependant
le mot si rare de pardon; et, voulant se
montrer tout-à-fait clément, il accorda un
jour de fête et de danse pour les noirs.

— Entendez-vous, ami intendant? s'é-
cria Benjamin; les pipes ne seront pas
fumées.

— L'intendant s'éloigna en haussant les
épaules.

— Mais, demanda Van der Spuy, dis-moi
pourquoi mon beau-frère t'a laissé partir
si subitement?

— Je vous apporte ses derniers adieux,
répondit le jeune homme. Le jour même
de ses funérailles, un vaisseau faisant voile
pour les Indes Orientales, je m'embar-
quai; la vue des clochers de Hambourg
me serrait le cœur.

— Je t'aurais laissé volontiers un an de
plus là-bas, dit le vieillard en gromelant,
sans plus faire mention de la mort de son
beau-frère; tu as sans doute peu profité
des leçons qu'il m'a fallu payer si cher.

— Je vous ai apporté des échantillons,

de mes travaux dans tous les genres, dit modestement Benjamin; et il présenta à son rigide censeur un volumineux rouleau de papiers. Celui-ci les parcourut long-temps, et ses traits devinrent plus sereins. Il tendit la main à son fils; non pour qu'il la baisât, mais pour la serrer suivant la mode africaine; puis il dit à son singe : Hurle, Garloka!... Celui-ci fit une grimace horrible, et poussa un cri si perçant, que Benjamin se boucha les oreilles. Deux nègres accoururent, et, sur un signe de leur maître, apportèrent au jeune homme un fauteuil et une pipe.

— Tu as bien employé ton temps, et c'est un excellent capital qui rapporte plus de cent pour cent; un peu de séjour au Cap te donnera le poids et la mesure qui te manquent encore.... Dis-moi, cependant, as-tu déjà fait des folies?

— Des folies? demanda Benjamin avec surprise.

— Eh! oui? répéta le vieillard; mon beau-frère ne m'en a rien dit dans ses let-tres; mais j'ai pensé que c'était par quelque sot ménagement. Tu en as fait, sans doute; la maladie doit avoir eu son cours.

— En vérité, mon père, je ne vous comprends pas, dit Benjamin encore plus étonné.

— Parbleu! s'écria Van der Spuy avec impatience, je parle clairement; chaque homme a, dans sa vie, une période où il fait mille folies; n'as-tu pas encore éprouvé cela?

— Pas que je sache, répondit Benjamin.

— Oh! malheur! la crise aura lieu ici, et qu'alors Dieu me soit en aide! Il en est de cela comme de la petite-vérole; plus elle vient tard, plus elle est maligne. Tu vas me donner bien des embarras!

— Je ne vous causerai jamais de peine volontairement, s'écria le jeune homme pressant contre son cœur l'épaisse main du vieillard.

On entendit retentir les cris de joie des esclaves, et une longue file de figures noires couvrit bientôt la terrasse; ils se prosternèrent aux pieds de leurs maîtres.

— Levez-vous, mes enfans, s'écria Benjamin; je ne puis souffrir de voir l'homme s'agenouiller devant son semblable..... Et Van der Spuy, dans la colère que lui inspirait ce propos révolutionnaire, brisa sa pipe de gypse, mais en silence, et sans contredire son fils en présence des esclaves.

Ceux-ci s'étaient relevés, et se tenaient les mains humblement croisées sur leur poitrine. Le plus âgé d'entre eux, un vieillard tremblant, s'avança, et dit à Benjamin : — Baas *, nous vous souhaitons la bienvenue dans votre héritage ; soyez-nous aussi bons que nous vous serons fidèles; que votre fétiche vous accorde en récompense la force du lion, le prudence du serpent, et les années de l'éléphant!

Le jeune homme les remercia sincèrement de ces vœux, et les pria de s'adresser à lui toutes les fois qu'ils auraient besoin d'une intercession auprès de son père.

Van der Spuy ouvrit la bouche pour pro-

---

* Maître.

tester énergiquement contre cette offre de service; mais une toux horrible menaça de l'étouffer. Le fils, alarmé, vola au secours de son père; et l'intendant qui, durant cette scène, se grattait la tête d'un air chagrin, profita du moment, et, brandissant son samboc, donna le signal de se retirer. Les pauvres noirs s'éloignèrent en poussant des cris d'allégresse. Ils allaient se distraire, par des jeux et des danses, du sentiment de leur misère.

CHAPITRE II.

Le disque argenté de la lune éclairait la
pelouse semée de sophoras, où dansaient
les noirs, dont les cris sauvages retentissaient au loin; et le trépignement des pieds
et l'étrange musique des esclaves éton-
naient les oreilles de Benjamin, qui s'était
rendu auprès d'eux après avoir quitté son
père. Le bruit sourd du gomgon accom-
pagnait les sons plaintifs de la goura et le
bourdonnement du tkoitkoi, joués par
trois Hottentots qui, frottés de graisse et
de diosma en poudre, le visage bariolé de
mouches de suie, leurs kroks ou manteaux de peaux de mouton sur les épaules,

étaient accroupis sur des rochers à l'extrémité de la pelouse. A cette musique, les
esclaves africains et indiens du riche Van
der Spuy gambadaient joyeusement, s'agitant et se livrant à leur joie, selon le mode
de leurs habitudes nationales. Là, toutes
les nuances de couleur se trouvaient ré-
fléchies, depuis le brun-clair jusqu'au noir
d'ébène, et même, parmi ces malheureux
privés des premiers droits de la nature,
on voyait régner l'ordre des rangs et l'orgueil des castes. Repoussés avec mépris
par les superbes Buganais, par les hardis
Madécasses et les industrieux Bengalis,
les pauvres et sales Terletans, employés
aux travaux les plus vils, étaient obligés
de s'amuser entre eux dans un coin de la
pelouse. Benjamin considérait avec tristesse cette multitude bigarrée, lorsque
l'intendant s'approcha, et lui montra, d'un
air de satisfaction, les apprêts qu'il avait
faits pour la commodité de son jeune
maître.

Un nègre robuste, étendu sur les pieds
et les mains, formait, près d'un myrte, un

siège commode, tandis que deux jeunes esclaves cuivrés présentaient à Benjamin la pipe et le thé.

— Votre honneur veut-il prendre place? dit l'intendant en montrant cette ottomane vivante; mais il recula épouvanté du regard plein de courroux que lui lança le jeune homme. — Lève-toi, mon ami, dit celui-ci au nègre; puis se tournant vers l'intendant : Je suis trop fier, ajouta-t-il, pour m'appuyer sur un noir; c'est à toi, mon ami, de prendre sa place; il me faut un siège blanc.

L'intendant, effrayé, le fixait avec de grands yeux et la bouche béante; il s'apprêtait à objecter que cet affront public anéantirait pour toujours le respect des esclaves pour sa personne; mais la rougeur de colère qui couvrit le visage de Benjamin, et le geste menaçant avec lequel il lui désignait sa place, le convainquirent qu'il n'était pas prudent de désobéir.

— Vous aimez à plaisanter, mon jeune sire, répondit-il en s'efforçant de sourire : un vieux serviteur ne saurait refuser un acte de complaisance à l'enfant de la maison. En parlant ainsi, il se courba sur la terre en s'appuyant sur ses quatre extrémités : Benjamin s'assit, et se balançant sur son large dos, il prit la pipe et la tasse de thé des mains de ses nouveaux serviteurs, qu'il examina avec plus d'attention.

C'étaient un jeune homme et une jeune fille proprement vêtus d'étoffes des Indes. Abstraction faite de leur couleur brune peu agréable, ils pouvaient passer pour beaux, même aux yeux d'un Européen; et leurs membres sveltes et bien tournés eussent pu servir de modèles dans une académie. Leurs yeux, grands et pleins de feu, faisaient ressortir leur visages sombres, dont les traits réguliers étaient embellis chez le jeune homme par une noble fierté; chez la fille, par une douceur inexprimable. Une légère teinte de mélancolie contribuait à les rendre tous deux encore plus intéressans. Benjamin, qui portait ses regards de l'un à l'autre, les tint enfin fixés sur les lèvres vermeilles de la jeune fille, dont les yeux ombragés par de longs

8..

cils soyeux, l'envisageaient timidement.

— Vous êtes aussi esclaves ? demanda le jeune Van der Spuy avec intérêt.

— Pas grand'chose de mieux, répliqua le jeune homme cuivré, en se mordant les lèvres.

— Ce sont de nos Hottentots privés, dit l'intendant, qui gémissait sous sa charge.

— Impossible ! s'écria Benjamin en se levant avec vivacité, et lui faisant signe d'en faire autant ; tu mens. Ces hideux musiciens et ces charmantes créatures !...

— Sont tous des Hottentots, dit l'intendant avec calme : seulement ces drôles là-bas sont dans le costume de leur pays, tandis que feu madame votre mère, qui s'était prise de passion pour ceux-ci, les faisait laver et habiller avec soin.

— Ainsi ce ne sont que des esclaves hottentots !.... dit Benjamin, revenu de son enchantement, et regrettant que ce couple eût perdu pour lui la moitié de ses charmes.

— Non, votre honneur, répondit l'intendant, les peuplades noires qui habitent le Cap ne sont point nos esclaves; mais, lorsque les Hottentots quittent leurs kraals pour nous rendre visite, et sont nourris par les colons avec leurs femmes et leurs enfans, nous acquérons sur eux un droit de propriété, et chacun des membres de la famille doit nous servir jusqu'à sa vingt-cinquième année.

— Honte sur votre société de tigres! s'écria Benjamin avec une noble indignation; et il objecta qu'un pauvre diable, qui jouait à quelques pas d'une espèce de tambour, avait visiblement passé la cinquantaine.

— Le Hottentot ne sait jamais son âge, dit tout bas l'intendant avec un sourire infernal; nous faisons le compte!

Et se levant, il détacha le fouet suspendu à sa boutonnière, et courut apaiser une querelle survenue à l'autre bout de la pelouse entre des Buganais et des Ter-létans.

Le jeune Hottentot, s'approchant de Benjamin, le considéra fixement, et prononça ces mots avec une violente agitation:

Oui, Baas, vous êtes un brave homme ;
mais, dans la maison de votre père, on ne
connaît point l'humanité. J'ai beaucoup
souffert ici, et je voulais me venger. J'avais
résolu d'égorger l'intendant et de fuir avec
ma sœur chez les Hottentots des bois que
vous nommez les Buschimanns ; mais vos
traits, qui me rappellent votre mère, m'ont
calmé. Vous pouvez nous sauver. Prenez-
nous à votre service, nous serons délivrés du fouet de l'intendant, et vous pré-
serverez ainsi ma pauvre sœur de ses
poursuites, qu'elle craint plus que ses
mauvais traitemens.

— Ton langage est au-dessus de ton
état ! dit Benjamin avec surprise.

— Non pas, s'écria le jeune homme
avec fierté ; mon père était prince de la
tribu du grand Namaqua ; mais votre noble
mère a fait beaucoup pour nous. Dieu la
récompense !

— Que la terre soit légère sur son tombeau, dit à demi-voix la jeune fille, tandis
qu'une larme coulait le long de sa joue.

— Silence, dit Benjamin en montrant

l'intendant qui revenait et rattachait froidement son samboc à sa boutonnière : Ami,
poursuivit-il en s'adressant à lui, tu viens
à propos ; ces jeunes gens me plaisent ; je
les prends à mon service, et j'en parlerai
à mon père.

— Tous deux ! la fille aussi ? demanda
l'intendant avec dépit.

— Tous deux, répéta Benjamin ; et si
tu m'adresses encore de semblables questions, il pourra bien pleuvoir des coups
sur tes épaules. Au reste, si tu veux gagner ma bienveillance, je te conseille d'en
user à l'égard des esclaves avec humanité.

A ces mots, il jeta sa bourse au milieu des danseurs, en s'écriant : — Noyez
dans le vin vos douleurs, et ne maudissez
pas vos tyrans, auxquels j'ai le malheur
d'appartenir.

Il s'éloigna rapidement ; le frère et la
sœur le suivirent, ainsi que l'intendant,
qui tordait douloureusement ses poings
toujours prêts à frapper.

— Comment vous nommez-vous, mes

enfans ? demanda Benjamin, lorsque ses
deux serviteurs furent conduits dans sa
chambre à coucher, où le jeune garçon
l'aidait à se déshabiller, et que la fille éten-
dait ses coussins de soie sur le lit.

— Ah! soupira le Hottentot, on nous a
donné de beaux noms. On m'a nommé Ganymède, et ma sœur Hébé; mais cela sonne
à nos oreilles comme le claquement du
fouet : car ces titres nous rappellent notre
servitude. Si vous voulez nous faire plaisir,
Baas, rendez-nous les noms de notre pays
natal ; le mien est Tgamma, et celui de ma
sœur, Gunima.

— Tgamma! c'est ainsi que vous nommez
le lion ! demanda amicalement le jeune
Van der Spuy. Toutes tes manières ré-
pondent bien à ce choix, et la belle
Gunima aux grands yeux est aussi svelte
et agile que l'antilope dont elle porte le
nom.

Gunima avait achevé son ouvrage; s'entendant nommer, elle accourut pour recevoir les ordres de son jeune maître. Celui-
ci s'approcha d'elle avec douceur, et il ne

se lassait pas d'admirer les contours on-
doyans et voluptueux de la jeune fille :
— Et toi, Gunima, dit-il enfin, es-tu con-
tente de m'avoir pour ton maître ?

Gunima saisit aussitôt sa main, la pressa
vivement contre son sein agité, puis elle
la baisa avec feu, et s'enfuit avec un regard plein de confusion. Son frère la suivit avec une surprise mêlée de méconten-
tement.

Benjamin, demeuré seul, ne put s'empêcher de s'écrier : — Il est heureux pour
moi que cette belle soit d'une couleur si
repoussante ; pardieu ! je pourrais en devenir amoureux.

Il se jeta sur sa couche, et le souvenir
de Gunima l'agita long-temps. Ce ne fut
que très tard qu'il parvint à goûter un repos qui lui était nécessaire.

CHAPITRE III.

BENJAMIN se livra avec ardeur aux affaires du négoce ; il espérait se rendre indispensable à un père que malheureusement il ne pouvait estimer, et parvenir ainsi à une certaine autorité dans la maison, pour prévenir, ou du moins pour réparer mainte barbarie envers les malheureux esclaves.

Van der Spuy ne tarda point à remarquer une différence sensible entre les procédés des mercenaires et la loyauté filiale. Cette expérience le rendit aussi doux et aussi affable envers son fils, que le comportait son caractère ; et, quoiqu'il l'eût

volontiers tenu toute sa vie dans une entière dépendance, il crut néanmoins devoir l'émanciper partiellement, pour l'éta-
blir de la manière qui lui semblait la plus
avantageuse.

—Fais toilette; il faut t'habiller aujour-
d'hui, lui dit-il un matin, au moment où
celui-ci venait prendre ses ordres pour la
journée; nous sommes invités à dîner chez
le directeur de la secrétairerie, et je veux
que tu plaises à la belle Constantia, sa
fille. Si tu réussis, tu es heureux pour la
vie, car elle pèse un million de florins.

Cette notification fit une triste impression sur Benjamin; toutefois, il s'inclina
respectueusement, et sortit pour aller en-
dosser son habit de cérémonie.

En dépit de son costume, totalement
dénué de goût, Benjamin avait néanmoins
une tournure charmante dans son pour-
point de fin drap de Hollande galonné et
fermé de boutons d'or massif; une veste
de brocart d'or, des culottes de satin noir
à jarretières dorées, des bas de soie d'un
blanc bleuâtre, des boucles de brillans,

II. 2

un col orné de dentelles de Brabant, et une monstrueuse perruque, complétaient son ajustement.

Le carrosse s'arrêta, les nègres en descendirent leurs maîtres, et le directeur de la secrétairerie, qui les attendait sur l'escalier, les introduisit dans un salon où étaient assemblés les principaux habitans du Cap. C'était un spectacle tout nouveau pour Benjamin ; les hommes étaient réunis en un groupe, les dames en formaient un autre, et ce dernier surtout fixait son attention. Les tailles gracieuses, les couleurs fraîches et brillantes, les yeux d'un bleu si doux, l'attiraient comme par un pouvoir magique, et il s'avoua qu'une cornette à fontanges et une robe de mousseline des Indes habillaient fort bien les belles.

Constantia, héritière de cette riche maison, vint à lui, et, le saluant d'un air affable, lui adressa la parole avec une voix qui, de sa langue maternelle si âpre, formait des sons plus doux que ceux d'une flûte. Benjamin, ébloui de tant de beauté, sentit son visage se couvrir d'une rougeur subite, et il demeura hors d'état de répondre une seule parole, tandis que ses yeux dévoraient un sein d'albâtre qui, suivant la mode du jour, exposait à la vue tous ses charmes ornés d'un riche collier. Revenu enfin de son trouble, le jeune Van der Spuy balbutia quelques politesses commandées par l'étiquette, lorsqu'un coup de coude qu'il reçut de son père l'avertit de demeurer dans le cercle des hommes, comme il convenait à un solide négociant.

Outre plusieurs fonctionnaires de la compagnie des Indes, la société se composait de capitaines de vaisseaux de toutes les nations, et d'une foule de colons africains, aussi favorisés de la fortune que mal partagés du côté de l'éducation. On voyait ces hommes trapus, semblables à des colosses d'airain, debout, les jambes écartées, les mains dans les poches de leurs lourds justaucorps, les pieds enveloppés dans des mouchoirs de soie bigarrés qui leur servaient de bas, un grand chapeau rond toujours cloué sur la tête, une pipe toujours fumante à la bouche, discuter gravement les affaires de leur négoce. Ils firent endurer la poignée de main accoutumée au pauvre Benjamin, qui eut besoin de plus d'un effort pour se convaincre que ces rudes marques d'affection ne l'avaient point privé de l'usage de ses doigts.

Il fallait que Van der Spuy *senior* eût négocié quelque affaire intéressante avec le maître de la maison, puisque son fils fut placé à droite de la belle Constantia, qui s'acquittait avec dignité des honneurs de la table. Benjamin se trouva ainsi privé durant quelque temps de sa conversation, et fut obligé d'écouter l'entretien général. Ce fut en vain qu'il s'efforça d'y prendre quelque intérêt; les gens de mer, dans leur jargon incompréhensible, s'entretenaient de leurs courses, et buvaient à leurs heureuses traversées; les marchands dissertaient sur la dernière hausse, et les colons parlaient des gués, des ornières qui leur avaient coûté plus d'un bœuf d'attelage, ou ils se vantaient des cruautés qu'ils avaient exercées contre les malheureux Buschimann. Enfin Constantia lia conversation avec son voisin en l'invitant à manger des grives qui, disait-elle, venaient toutes rôties de la Hollande. Il lui fallut alors écouter d'amples développemens sur la manière dont on frotte, en Hollande, ces oiseaux avec du sel et des épices, avant de les rôtir au beurre, dont ils doivent être entièrement couverts dans les pots. — Voyez, monsieur, poursuivit-elle en mettant sa main blanche et potelée sur celle de Benjamin; voyez, le point principal est que l'air ne pénètre pas jusqu'aux oiseaux; car c'est là principalement ce qui excite la fermentation et la corruption....

Benjamin voulut faire diversion, et pria Constantia de lui nommer les convives qui lui étaient inconnus, ce que fit la jeune personne, en assaisonnant leurs noms de gloses assez malignes et inconvenantes.

Ce fut surtout contre une jeune et jolie

femme richement parée, qui occupait une
des places d'honneur à table, et qui lui
souriait de temps en temps d'un air d'affection, que se dirigèrent les malicieuses
remarques de Constantia. Benjamin lui en
fit un léger reproche, et celle-ci lui répondit avec quelque humeur : — Nous
étions compagnes d'enfance; mais c'en est
fait de notre amitié, et vous m'approuve-
rez si je vous en dis la cause. Mon père
est directeur de la secrétairerie, et le premier des quatre négocians de la compagnie des Indes; le sien n'est que contrôleur
et deuxième marchand, ce qui me donnait
naturellement place avant sa fille, lorsqu'elle n'était pas mariée; maintenant
qu'elle a épousé le capitaine de la milice,
elle a le pas sur moi, et vous sentez combien cela est révoltant pour une fille de
distinction ! aussi ne la vois-je que dans
les occasions absolument indispensables;
et d'ailleurs, en qualité d'hôtesse ou de
convive, le rang n'est point pris en consi-
dération; mais me trouver avec elle dans
un lieu public, Dieu m'en préserve à jamais!

Comme elle achevait ces mots, la femme du capitaine la regarda avec un doux sourire, et Constantia lui envoya un baiser, qui fit songer Benjamin à celui de Judas. Quand il eut reconnu les difformités du cœur qui battait sous ce beau sein, il cessa de s'occuper de Constantia, et se tourna vers son voisin de droite, petit-maître à la façon du Cap, espèce d'Hercule au visage bien nourri, et où se peignait l'amour-propre satisfait. Il s'occupait exclusivement d'un pied d'éléphant, qui souriait à son appétit.

Embarrassé pour trouver un sujet d'entretien, Benjamin demanda au Ménalque africain à quelle distance de la ville du Cap se trouvait son habitation.

— A dix milles, répliqua celui-ci; mais moi et mes bœufs, nous faisons la route en cinq heures; car mes bœufs me connaissent, poursuivit-il avec chaleur, dès qu'ils m'entendent aiguiser mon couteau à la roue, ils galopent dans le plus mauvais chemin.

— Vous ne blessez cependant pas ces

utiles animaux ? s'écria Benjamin en fré-
missant.

L'Africain le regarda avec étonnement,
et continua à détailler avec volubilité son
système de culture : il s'étendit surtout sur
la peinture des moyens qu'il employait
pour gouverner les Hottentots et les esclaves.

La belle Constantia écoutait avec complaisance cette conversation, qui semblait
avoir beaucoup d'attraits pour elle ; et, au
moment où Benjamin se disposait à témoigner combien la conduite des colons
lui semblait basse et féroce, elle prit la
parole, et raconta avec aisance qu'une fille
hottentote, qui lui avait brisé un service
de porcelaine précieux, traînait, depuis
neuf mois, des anneaux de fer si pesans,
qu'ils commençaient à devenir inhérens à
la peau.

Le visage de Benjamin prit une telle
expression d'horreur, que Constantia en
fut effrayée. Il ouvrait la bouche pour se
prononcer avec énergie contre ces odieuses
barbaries ; mais, redoutant lui-même la

violence de ses sentimens, il prit le parti de s'éloigner, et quitta brusquement la table, sans s'inquiéter de l'impression que ce départ subit produirait sur les convives.

Lorsque, le soir, Benjamin rentra dans sa chambre à coucher, il fut éclairé par Gunima, car Tgamma était à la chasse. Il considérait avec chagrin les belles formes de cette jeune fille, si mal colorées, lorsque ses yeux, rouges de pleurs, fixèrent son attention.

—Tu es triste, Gunima; qui t'a affligée? lui demanda-t-il en caressant doucement ses joues.

Gunima leva vers lui des regards timides, et dit en baissant les yeux : — L'intendant me poursuit toujours de sa tendresse et de sa haine.

Benjamin, regardant la pauvre fille avec compassion, aperçut sur son bras gracieusement arrondi quelques meurtrissures, qu'il reconnut pour des gages d'amour, tels que peut en donner un correcteur d'esclaves.

—Je veux que ce misérable..... s'écria-t-il avec fureur et s'élançant vers la porte.

Mais Gunìma le retint en s'écriant : —
Au nom de Dieu, mon jeune maître, votre
pitié ne ferait qu'augmenter le mal ! L'esclave que vous avez fait délivrer a reçu le
double de coups de fouet, et l'intendant a
juré que celui qui irait encore vous porter
quelque plainte, périrait sous ses mains.

Le jeune homme demeura immobile de
colère et d'effroi.

— L'intendant sera châtié comme il le
mérite, dit-il ; mais toi, pauvre Gunima,
comment pourrai-je te sauver ?

— Je saurais un moyen, dit la jeune
fille à demi-voix et avec embarras ; mais
je n'ose vous le découvrir : c'est cependant
le seul, et un si bon maître ne voudra
point en abuser. Vous connaissez les droits
qu'a votre père sur mon frère et sur moi ?.....

— Dis plutôt qu'il n'en a aucun, s'é-
cria Benjamin avec indignation.

— Priez-le de vous céder ses prétentions sur nous, dit Gunima plus rapidement et plus bas ; alors nous vous appar-

tiendrons tout-à-fait, et nous serons sauvés pour toujours.

— Le conseil est bon, et je veux le suivre, s'écria Benjamin en saisissant la main
de la jeune fille; ainsi tu veux m'appartenir tout-à-fait, Gunima?

Benjamin enlaça ses bras autour du cou
de la jeune fille, pleine d'un trouble charmant; puis ses lèvres pressèrent des lèvres de rose; mais Gunima, dont le cœur
agité battait vivement contre le sien, se
débarrassa en rougissant, et, un instant
après, elle avait disparu.

CHAPITRE IV.

Le matin du jour où Benjamin atteignit
sa majorité, il trouva en entrant chez son
père, le vieux Van der Spuy, non en robe
de chambre comme de coutume, mais en
grand costume, avec la perruque, le chapeau galonné et l'épée au côté.

— Viens, mon fils, dit le vieillard en
le conduisant dans la grande salle où se
tenaient rangés en haie, et dans leurs habits de fête, les teneurs de livres, les commis, intendans, apprentis et valets de la
maison Van der Spuy. Devant une table,
couverte d'un tapis vert, étaient assis un
assesseur du sénat de justice et son secré-

...aire. Van der Spuy, prenant la parole, déclara solennellement qu'il admettait et agréait son fils unique comme associé de sa maison de commerce, et il le présenta en cette qualité aux hommages de tous ses subordonnés. L'acte fut inscrit au protocole, les employés du comptoir présentèrent leurs devoirs, et l'intendant les imita d'assez mauvaise grâce.

Les gens du tribunal offrirent leurs félicitations en termes bien pesés, et avec tout le respect dû aux sacs d'argent. Le contrat d'association dans une main, le nouveau sceau de la société dans l'autre, Benjamin, joyeusement surpris, calculait en silence combien de larmes amères ses nouveaux droits lui permettraient de sécher.

—Te voilà maintenant un homme, Benjamin, dit le vieillard lorsque, tout le monde s'étant éloigné, son fils fut venu baiser sa main, et tu peux demander la main de Constantia. Je donne ce soir un grand souper, et cette belle et riche héritière s'y trouvera. Il ne tient qu'à ton

adresse qu'aujourd'hui même le directeur
soit obligé de donner sa parole, avant de
regagner son logis.

Le pauvre Benjamin vit s'évanouir, à
ces mots, tous ses songes. Quelle que fût
sa résolution de ne jamais s'unir à cette
laide beauté, il prévoyait les suites de son
refus, et pensa qu'il était urgent de profiter de ce moment, pour obtenir ce qu'il
souhaitait. Il s'inclina donc avec un sourire qui coûtait à sa franchise; puis prenant un ton léger : — Vous m'avez, dit-il,
comblé de tant de faveurs aujourd'hui,
mon digne père, que votre excessive bonté
me rend indiscret : j'ai encore une sup-
plique à vous adresser.

— Priez, vous serez exaucé, répliqua
Van der Spuy d'un air affable.

— Les Hottentots qui m'ont servi jusqu'ici, poursuivit celui-ci avec une indif-
férence affectée, me plaisent assez; au
moins sont-ils propres et honnêtes, qua-
lités peu communes parmi les noirs, et
Ganymède est bon chasseur. Puisque votre
générosité me rend aussi indépendant que

le permettent l'amour filial et la reconnaissance, je souhaiterais fort posséder en
propre une couple de ces créatures ; se-
riez-vous assez bon pour me céder vos
droits sur eux ?

—J'y tiens peu, dit le vieux marchand,
ils sont à toi. Mais mène-les d'une main
ferme, feu ta mère me les avait gâtés.
Quand cela a appris à se laver, et a changé
ses peaux de mouton infectes pour des
habits, cela se croit des gens comme nous.
Ce drôle de Ganymède a même une sorte
de fierté. Il n'y a que le fouet pour les
ranger à leur devoir ; je te recommande
mon inspecteur : c'est un homme qui ma-
nie le samboc à ravir.

—Ainsi vous me les cédez tous les deux !
demanda le jeune homme avec une joie
qui pensa le trahir.

—Eh! eh! dit Van der Spuy, tu veux
donc aussi la petite Hébé ? Et, examinant
son fils dans la vigueur et la plénitude de
la jeunesse, il croyait deviner le motif de
cette prière. Joyeux de sa propre sagacité,
il se contenta de le menacer avec le doigt

en souriant, et lui dire : — Ah ! fripon,
prends donc la fille aussi. Ta noce peut
bien tarder encore trois mois....... Garde
toutefois les convenances, afin que Constantia ne prenne point d'ombrage.

— Voudriez-vous donc m'écrire quelques lignes au sujet de cette donation ? dé-
manda Benjamin en se frottant les mains.

— Un père à son fils! dit Van der Spuy
de l'air d'un homme offensé.

— En affaires, il n'y a pas de parenté,
répondit hardiment le jeune homme. Je
ne mériterais pas d'être votre élève, si je
n'entendais pas mieux le négoce. Demain
vous pouvez regretter votre présent, et
révoquer la donation; non, non, mon
cher associé, du noir sur du blanc, *littera
scripta manet,* comme dit le latin.

— Tu es mon sang, s'écria Van der
Spuy ému de joie et d'attendrissement;
et il serra son fils contre sa poitrine : je
voulais seulement t'éprouver; *littera scripta
manet :* c'est une belle parole. Tu auras
la signature sociale. Sonne, tu vas être satisfait.

La sonnette retentit, un nègre parut;
on envoya chercher le teneur de livres,
l'intendant et les deux Hottentots. L'acte
fut dressé, le teneur de livres chargé de
porter désormais la nourriture et l'entretien d'Hébé et de Ganymède *a conto de
Van der Spuy junior*, et l'intendant reçut
l'ordre de remettre les objets cédés au
nouveau propriétaire. Celui-ci obéit avec
une laide grimace, tandis que Garloka pa-
rodiait ses gestes et ses mines, en marchant
gravement derrière lui.

Le soir, les appartemens de Van der
Spuy se remplirent de fontanges, de per-
ruques et de larges chapeaux marins, entre
lesquels se glissaient des esclaves nègres,
pieds nus et richement vêtus, qui présentaient des rafraîchissemens de toute espèce. Bientôt le carrosse doré du directeur
de la secrétairerie s'arrêta devant la maison.
Un pincement au bras avertit Benjamin
que c'était à lui d'accueillir ces convives,
et celui-ci s'en acquitta avec tant de lenteur et de mauvaise grâce, qu'il s'attira
du directeur un regard peu gracieux. La

belle Constantia avait été obligée de descendre du carrosse sans aide, affaire qu'une
ample robe à paniers rendait assez difficile à exécuter, et il régnait sur son visage
une expression de dépit et de méconten-
tement, qui nuisait singulièrement à sa
beauté. Mais la vue de Benjamin produisit
sur elle un effet magique, et son front
rayonna de satisfaction, lorsqu'il lui présenta galamment sa main gantée, qu'elle
prit avec les extrémités de ses doigts de
rose. Ainsi accompagnée, elle entra superbe et majestueuse dans la salle, comme
le bucentaure vénitien dans la mer Adria-
tique, et une exclamation involontaire et
unanime signala l'entrée de ce couple charmant, qui semblait admirablement bien
assorti. Benjamin n'ignorait pas que ses
formes d'Antinoüs rivalisaient avec cette
taille d'Hélène; la vanité masculine, qui
l'emporte souvent sur celle des femmes,
lui insinua qu'une liaison avec une Hottentote cuivrée était une mésalliance criante,
une rébellion manifeste contre la sage
volonté du Créateur. Il considérait avec

un mélange de pitié et de dédain la pauvre
Gunima, présentant humblement le thé
à l'orgueilleuse Hollandaise, qui la laissait
attendre debout, sans daigner jeter sur
elle un regard de ses beaux yeux bleus,
fixés sur le jeune homme. Gunima suivait
les regards significatifs de Constantia; elle
crut lire dans ceux de Benjamin une réponse favorable, et des larmes brûlantes,
roulant sur ses joues, se perdirent dans
la vapeur qui s'exhalait du thé de la Chine.
Benjamin remarqua le combat que livrait
l'infortunée avec son cœur, et ses regards
se reportèrent avec intérêt sur la pauvre
esclave, dont la tendresse timide et sans
espoir méritait si bien de l'emporter sur
les faveurs de l'orgueilleuse et froide Constantia.

Celle-ci, surprise de voir les regards du
jeune homme fixés sur un autre objet,
aperçut Gunima, et la repoussant dédai-
gneusement, invita Benjamin à la conduire
dans les jardins.

Il obéit en soupirant, et l'accompagna
à travers des allées tirées au cordeau, où

la serpe avait réduit les arbres à des formes
bizarres, et où se trouvaient confusément
amassés des vases de porcelaine peinte et
des coquillages. Constantia entama avec
curiosité, au sujet de la petite esclave
hottentote, un interrogatoire d'autant plus
pénible pour Benjamin, que sa conscience
ne lui permettait pas de répondre avec as-
surance. Les soupçons de Constantia augmentèrent : toutefois, comme elle n'avait
nulle envie de renoncer au riche et beau
jeune homme, elle se décida à lui parler
ainsi : — Votre père a entretenu le mien
d'un projet auquel une jeune fille bien
élevée doit réfléchir mûrement. Je ne saurais néanmoins vous cacher ma surprise
du silence que vous observez à cet égard,
bien que les occasions de parler ne vous
manquent pas.

Benjamin se trouvait dans la position la
plus critique. Feindre d'ignorer les inten-
tions de son père lui semblait trop ridicule, et, en présence de tant de charmes,
il avait peine à se défendre de répondre
avec feu à des avances si flatteuses. Il se

jeta dans les termes laudatifs et les lieux communs de la galanterie, qui le tirèrent assez maladroitement d'affaire ; mais un visage en feu, des regards troublés parlaient plus éloquemment au cœur de Constantia, que ses expressions incohérentes ; elle les interpréta selon ses desirs, paya également son tribut aux bienséances par une rougeur et des yeux baissés ; puis enfin, incapable de jouer plus long-temps la cruelle, elle présenta sa main d'albâtre au jeune homme, avec un sourire si enchanteur, qu'il la pressa avec ardeur contre ses lèvres.

En ce moment, le vieux Van der Spuy et le directeur de la secrétairerie parurent derrière les armoiries colossales de la république de Hollande, que l'art du jardinier avait grotesquement taillées dans le feuillage d'un if, et Van der Spuy, plein d'une joie paternelle en songeant au million de florins que ce marché allait faire entrer dans sa maison, s'écria : — N'est-il pas vrai, seigneur, que mon associé s'entend à mener une affaire ?

Le directeur de la secrétairerie baissa la tête en signe d'approbation, tandis que, plus belle encore de son embarras, Constantia retirait la sienne en rougissant. Benjamin était demeuré muet de surprise, et, lorsque le père de la jeune fille s'avança gravement et s'empara des mains du jeune couple qu'il se disposait à unir après une petite allocution, le pauvre jeune homme sentit faiblir sa dernière résistance. Déjà le directeur ouvrait la bouche, et Van der Spuy, prêt à écouter, croisait ses bras sur son énorme ventre, lorsque Gunima, accourant hors d'haleine, vint se précipiter aux genoux du jeune homme : — Baas! au nom du Dieu que nous prions tous, s'écria-t-elle d'une voix gémissante, sauve mon malheureux frère; sans toi, il est perdu!

— Gunima, tu es hors de toi, dit Benjamin effrayé, et il s'efforçait de la relever. Mais la pauvre fille, au désespoir, s'écriait : — Non, Baas, non, je veux rester là et embrasser tes pieds comme le serpent qu'on écrase, jusqu'à ce que ta bouche ait prononcé le mot de grâce.

— Calme-toi, pauvre enfant, dit le jeune homme avec une émotion qui causa le plus vif dépit à Constantia; ton frère est ma propriété, qui oserait le toucher?

— Hélas! il a tué l'intendant, dit en sanglotant Gunima; ils l'ont déjà enchaîné et livré à la garde.

— Quoi! mon intendant? cria avec fureur le vieux Van der Spuy. Le scélérat! Mais, Dieu merci, nous avons une justice criminelle au Cap, et le procureur fiscal est mon ami.

Une foule de gens s'approchait. L'infortuné Tgamma, pâle et sanglant, les bras liés derrière le dos, fut amené par plusieurs nègres, et le teneur de livres, qui précédait la troupe, se disposait à rapporter toutes les circonstances de l'affaire, lorsque Benjamin s'adressa au prisonnier lui-même : — Tgamma, lui dit-il avec un reproche douloureux, Tgamma, qu'as-tu fait?

— Je ne pouvais faire moins, noble

Baas, répliqua le Hottentot avec intré-
pidité; l'intendant, qui s'était enivré à la
fête, voulait faire violence à ma sœur; et
comme elle résistait, il la battit cruellement. J'accourus, saisis le traître, et le
mis bientôt sous mes pieds : alors il me
frappa de son couteau, et me fit cette
blessure. Il s'agissait de mort et de vie, je
lui arrachai le couteau, et le lui plongea
dans le cou. Baas, interrogez votre conscience, n'en auriez-vous point fait autant
en ma place?

— Tu as raison, pauvre fils, dit le capitaine de la milice, survenu avec le reste
des convives, tu as raison, mais il faut
que tu meures.

— D'après quelle loi? demanda fièrement Tgamma; si celles de votre pays
punissent ceux qui se défendent, d'où
vient que vous me jugez; moi, fils d'un
prince naturel de ce pays, je ne les ai jamais reconnues ? Hommes blancs, qui
êtes venus débarquer sur nos rivages sans
y être appelés, qui nous avez chassés
de nos beaux vallons, qui avez enlevé

nos troupeaux, détruit le gibier qui faisait notre nourriture, et qui ne nous avez laissé d'autre choix que le brigandage armé, la fuite ou l'esclavage; quels droits avez-vous de punir chez eux les souverains légitimes du pays? Faites-moi juger par mes frères, suivant les lois de ma tribu; ou si vous ne le voulez pas, faites-moi tuer; mais n'allez pas dire qu'il faut que je sois puni au nom de la justice.

— Ce drôle dit des choses assez justes; mais que le diable lui réponde, dit l'honnête capitaine de la milice en se détournant pour essuyer une larme prête à s'échapper de ses yeux.

— Un fou peut demander dix fois plus qu'un sage ne peut répondre, dit le directeur de la secrétairerie; et le vieux Van der Spuy s'écria: — Voilà ce que c'est que d'apprendre à lire à ce bétail noir.

Un caporal arriva, suivi de quelques arquebusiers, et des chaînes pesantes retentissaient dans les mains des Cafres qui l'accompagnaient.

II.   10

— Baas! sauve mon frère, s'écriait Gunima en embrassant les genoux de Benjamin, auquel Constantia disait à voix
basse : — J'attends de vous, comme un
témoignage de tendresse, que vous aban-
donniez à leur sort cet assassin et cette
Hottentote libertine.

Tout-à-coup, Benjamin, rappelant sa
fermeté, s'élança au milieu de la foule, à
l'instant où Van der Spuy se disposait à
livrer le coupable : — Avec votre permission, mon père, s'écria-t-il avec énergie, vous n'avez plus aucun droit sur ces
Hottentots ; vous me les avez cédés aujourd'hui même : c'est mon esclave, et je
ne souffrirai pas que l'autorité s'en em-
pare. Qu'il soit renfermé dans la prison
de nos esclaves, pour que la justice ait
son cours. On ne sait même pas encore si
l'intendant est mort ; peut-être l'accusé
n'a-t-il encouru qu'un châtiment domes-
tique.

Van der Spuy se démenait en fureur ;
le directeur branlait la tête d'une manière
significative, et Constantia déchirait, dans

sa rage, son mouchoir de batiste. Le capitaine de la milice s'avançait à regret
pour combattre le jeune homme, lorsqu'un chirurgien, qui avait mis l'appareil
sur les blessures de l'intendant, vint annoncer que son malade vivait encore, et
qu'il espérait le guérir.

— Vous l'entendez, mon père, dit
Benjamin. Pour lever tout obstacle, je
déclare qu'en ma qualité de citoyen libre
de la ville du Cap, et d'associé de la
maison Van der Spuy, je cautionne le
prisonnier. M. le caporal ne fera, je l'espère, aucune difficulté de ramener ses
gens et d'aller fêter avec eux mon jour
de naissance.

Une bourse pesante, que Benjamin glissa
dans la main du caporal, et un coup-d'œil
du capitaine vainquirent tous ses scrupules. Les soldats firent volte-face, et les
Cafres les suivirent. Tgamma fut conduit
en prison. Les deux vieillards gesticulaient
vivement entre eux; Benjamin regardait
tendrement la pauvre Gunima, qui gisait
à terre, privée de sentiment, et Constan-

tia, aussi belle que furieuse, semblait un ange déchu. L'honnête teneur de livres, croyant les fiançailles décidées, vint avec bonhomie lui adresser ses congratulations en élégant style de commerce. Mais celle-ci, sans lui répondre, s'élança hors du jardin, accrochant les buissons avec les énormes paniers de sa robe flottante, qui lui donnaient l'aspect d'une frégate poussée par la tempête et voguant à pleines voiles.

CHAPITRE V.

——

Environnée de monceaux d'actes, vaste
dépôt de misères humaines, le procureur
fiscal de la colonie, Blésius, parcourant
de sa plume le registre des prisons, con-
damnait ou justifiait d'un trait les malheureux accusés, lorsque la porte s'ouvrit,
et le jeune Van der Spuy se précipita dans
la chambre sans être annoncé. L'homme
de loi semblait tout disposé à se fâcher
d'un procédé si cavalier; mais il pardonna
au fils d'un millionnaire, et il lui indiqua
poliment un siège. Benjamin, trop agité
pour prendre place, rapporta les circonstances du déplorable évènement qui venait

de se passer, avec tant de feu et de rapidité, que le flegmatique procureur l'invita
plusieurs fois à reprendre haleine, afin de
lui laisser le temps de saisir le fait avec
tous ses détails. Quand le jeune homme
eut achevé de parler, le grave Blésius
s'enfonça dans son fauteuil, croisa son
pied droit sur le pied gauche, comme doit
le faire tout juge selon l'ancienne étiquette, et demeura quelques instans plongé
dans ses réflexions; puis il répondit avec
le plus grand calme. — On doit pardonner
à la légèreté de votre âge et à votre court
séjour au Cap, la conduite que vous avez
tenue; mais le cas est plus grave que vous
ne l'imaginez; si personne ne s'est trouvé
présent à cet évènement, que le frère et la
sœur, nous ne devons juger que d'après le témoignage de l'intendant que j'interrogerai
demain matin, s'il vit encore. En tout état
de cause, le noir qui a tiré le couteau
contre un blanc tombe sous le coup de la
justice; et ce n'est que de la guérison de
l'intendant que dépend la vie du coupable; autrement sa mort est nécessaire.

— Sa mort! s'écria Benjamin, les mains jointes.

— Sa mort, répéta le fiscal d'un ton monotone; vous connaissez le vieux proverbe hollandais: «Ce qui est mort, plus ne mord». Il sera exécuté ou, du moins, condamné à une prison perpétuelle. Vous avez eu grand tort de vous opposer à ce qu'il fût livré, et le caporal qui vous a obéi devrait être dégradé et porter, une semaine, durant huit heures par jour, le mousquet sur l'épaule, devant la grande garde; mais je lui pardonne par égard pour la maison Van der Spuy. Demain vous remettrez le prisonnier et sa sœur, qui est soupçonnée d'avoir été sa complice.

A ces mots, le fiscal porta gracieusement la main à son bonnet, pour congédier Benjamin; mais celui-ci, voulant tenter un dernier effort, plaça sur la table un rouleau d'or, au moyen duquel il espérait donner un certain poids à sa requête.

Le procureur repoussa le rouleau avec un sourire ironique: — Mon jeune maître,

dit-il, je dois vous dire que vous connaissez bien mal votre monde, si vous imaginez que de semblables moyens puissent
conduire au but, lorsqu'ils sont mis en
œuvre avec si peu d'habileté. Si votre père
n'était pas mon ami, je mettrais cet argent
en séquestre comme *corpus delicti*, t je
vous intenterais un procès en corruption.
Reprenez donc votre or, et croyez qu'un
vieux magistrat est assez fin pour ne pas
se commettre ainsi avec le premier étour-
di. Bonsoir : dispensez-moi de vous recon-
duire.

Ainsi congédié, il ne resta au pauvre
Benjamin d'autre parti à prendre que de
s'éloigner, ce qu'il fit en maudissant sa
vivacité et le sang-froid désespérant du
procureur fiscal.

Lorsqu'il revint au logis, le teneur de
livres le conduisit dans la chambre de son
père qui, abattu par l'agitation qu'il avait
éprouvée, venait de se faire porter au lit,
et prenait une potion calmante.

— Je l'ai dit et je l'ai prédit, cria-t-il
plein de colère à son fils ; tu n'avais pas

encore jeté ta gourme, et c'est aujourd'hui que tes folies commencent pour anéantir ma plus belle spéculation. Quelle conduite est la tienne envers le directeur de la secrétairerie et sa fille! La pauvre enfant est montée furieuse en voiture, et s'est fait conduire chez elle, sans attendre son père, qui a été obligé de courir à pied jusqu'à sa demeure; voici un billet par lequel il me prévient de cette triste aventure en termes assez vifs.

— Dieu soit loué! dit Benjamin. Cette exclamation porta au comble le courroux de Van der Spuy qui s'écria: — Je ne veux pas me laisser tourmenter par tes extravagances; heureusement mes mesures sont prises dans le contrat d'association. Demain tu livreras Ganymède à la justice, et tu apaiseras Constantia, en lui faisant présent d'Hébé, ou nous n'aurons plus rien à démêler ensemble; et il n'y aura pas au Cap un procureur adroit à éluder la loi, si tu hérites un stuber * de mon bien.

* *Stuber*, petite monnaie hollandaise. (*Le Trad.*):

A ces mots, il se tourna du côté de la ruelle, et bientôt un bruit nasillard avertit Benjamin que son père était hors d'état de l'entendre. Il quitta la chambre, au désespoir, mais résolu à suivre l'impulsion de son âme.

CHAPITRE VI.

L'INFORTUNÉ Tgamma, étendu sur la paille humide de son cachot, dormait du sommeil que donne une conscience pure, lorsque Benjamin entra, une lanterne à la main, suivi de Gunima et du nègre chargé de garder la prison. Il secoua le dormeur pour l'éveiller, et lui dit à voix basse:—Dis adieu à ta sœur, et hâte-toi de fuir: je n'ai que ce moyen de te sauver. Ton gardien t'accompagnera, car sa perte serait certaine, lorsque l'on apprendra ton évasion.

Tgamma ne savait s'il devait en croire ses oreilles: il pressa Gunima contre son cœur, se jeta aux pieds de son bienfaiteur, et lui dit en sanglotant:— Vous êtes le digne fils de votre mère. Comment le pauvre Tgamma pourra-t-il jamais vous le rendre ?

— Si quelque jour ton destin te place à la tête de tes frères, dit Benjamin d'une voix sombre, si tu portes les armes contre les bourreaux blancs, sois plus humain envers eux qu'ils ne l'ont été envers toi. C'est l'unique remercîment que ton ami te demande; mais fuis, les momens sont précieux.

Le Hottentot partit comme un éclair, le nègre le suivit, et Gunima demanda en tremblant à son maître ce qu'elle deviendrait.

— Tu ne saurais demeurer non plus ici, pauvre Gunima, répondit tristement celui-ci; la vengeance de vos tyrans te préparerait un sort terrible, et je suis trop faible pour te défendre. Je te menerai au capitaine de la milice, que j'ai reconnu pour un homme généreux; il aura le pouvoir et la volonté de te protéger jusqu'à ce que mon sort soit décidé.

Gunima leva ses grands yeux, avec un sentiment d'amour et de reconnaissance, vers son libérateur, prit sa main, qu'elle mit sur son cœur, et le suivit hors de la prison, que Benjamin referma, et dont il jeta la clef dans un puits. Ils disparurent ensuite tous les deux dans les ténèbres de la nuit.

Le jour suivant, le fiscal et son greffier, accompagnés de soldats et de Cafres portant des chaînes, entrèrent dans la maison de Van der Spuy, où régnait la plus grande confusion. L'intendant était mort, pendant la nuit, de sa blessure envenimée par l'échauffement de l'ivresse ; on ne trouvait, ni Hébé, ni le nègre sentinelle, ni la clef de la prison, et les portes ayant été enfoncées, on découvrit également la fuite de Ganymède. La colère du fiscal, en se voyant arracher sa victime, retomba tout entière sur le pauvre Benjamin, qui venait le recevoir au nom de son père encore endormi. Ses tentatives coupables de la veille dénonçaient, dit-il, assez l'auteur de cette évasion. Après un long sermon, l'homme de loi, par égard pour son respectable père, se contenta de prescrire à Benjamin les arrêts dans sa maison, laissa près de lui un caporal avec deux mousquetaires, et s'éloigna pour aller faire son rapport au gouverneur.

Rien n'égala la rage de Van der Spuy lorsque son fils, suivi de deux soldats, vint lui rendre compte de ce nouvel incident. Son favori mort, et ses mânes privés de vengeance, sa rupture avec le directeur de la secrétairerie, et l'arrestation de son fils : que de raisons pour le faire sortir de son flegme accoutumé ! Aussi Benjamin eut-il besoin de toute sa modération pour ne point dépasser les bornes du respect filial. Le capitaine de la milice vint le délivrer de la colère de son père, et le mena chez le gouverneur. Ils traversèrent la place d'armes, et Benjamin monta dans l'antichambre du gouverneur, non sans avoir le cœur serré ; car il ne regardait point comme un badinage d'aller rendre compte au vice-roi de la république, d'une affaire dont il aurait peine à se justifier aux yeux de la justice.

Ils furent annoncés, et, bientôt après

introduits dans la salle d'audience, où le grand conseil était assemblé sous la présidence du gouverneur Le capitaine de la milice alla prendre sa place, et Benjamin resta debout à la barre, comme un criminel près d'entendre son arrêt.

— Vous vous êtes rendu coupable d'une étourderie grave, jeune homme ! dit le gouverneur d'un ton solennel, mais non sévère.

Benjamin s'inclina involontairement.

Il poursuivit avec plus d'affabilité : — Vous paraissez le sentir vous-même, et cela doit nous disposer à l'indulgence. Je vous le répète, vous avez commis une grande étourderie : quoique je veuille bien ne pas vous attribuer l'évasion du Hottentot, cependant votre inconvenante protestation, et votre caution plus inconvenante encore, l'ont soustrait à l'incarcération juridique, et ont favorisé sa fuite. Vous avez donc encouru un châtiment ; mais, eu égard à votre jeunesse et au compte avantageux qui m'a été rendu de votre conduite passée, il sera plus doux que vous n'osiez l'espérer.

Benjamin, le cœur soulagé d'un poids énorme, voulait se précipiter vers le gouverneur pour le remercier ; mais celui-ci, par un signe, réprima sa reconnaissance, et poursuivit avec calme : — M. le capitaine de la milice entreprend dès demain une excursion aux frontières de la colonie, pour aller reconnaître des régions encore inconnues, et repousser quelques tribus de Cafres qui commettent des excès sur notre territoire. L'expédition sera très pénible, et non sans de grands dangers. Nous avons besoin d'un homme instruit dans le dessin et la métrologie ; notre ingénieur est malade, et hors d'état de supporter les fatigues. On m'a vanté vos connaissances en ce genre ; j'aime à rendre utiles à l'état jusqu'aux peines que j'inflige : je vous impose, pour punition, de faire cette campagne en qualité de volontaire, sans solde, sous les ordres du capitaine ; et, en vertu des pouvoirs dont je suis investi, je fais cesser l'enquête commencée contre vous.

Le procureur fiscal se leva pour pren-

dre la parole contre un jugement si doux,
et deux conseillers l'imitèrent; mais le
gouverneur, se levant à son tour, porta la
main sur la décoration qui couvrait sa poitrine, et s'écria : — Je prends tout sur moi!

Benjamin monta précipitamment l'es-
trade, et baisa avec transport la main du
généreux gouverneur.

— Que faites-vous? demanda celui-ci
en la retirant.

— Un fils reconnaissant baise la main
paternelle qui le châtie avec tant d'indulgence.

Puis il s'éloigna en s'écriant plein de
joie :— Quel léger sacrifice pour la vie de
deux de mes semblables !

Benjamin, prêt à partir, alla le lendemain prendre congé de son père encore
au lit, qui lui dit avec humeur : — Je suis
bien aise de la tournure qu'a prise cette
affaire, et mon honorable raison de commerce est du moins préservée de l'injure
d'une punition fiscale. Cette campagne te
fera du bien; tu pourras faire tes folies
chez les sauvages, et si tu n'en reviens pas

10..

ce ne sera point une grande perte pour moi.

Congédié par ces paroles paternelles, le jeune homme gagna le rendez-vous de la caravane. La place était couverte de chariots attelés chacun de douze bœufs, et quelquefois davantage; de colons à cheval armés de leurs lourdes arquebuses; de Hottentots, les uns à pied, d'autres montés sur des chevaux ou des bœufs de main; de chiens de chasse, de vaches et de chèvres pour les besoins des voyageurs. Le pavillon des provinces unies de Hollande flottait sur la tente du capitaine qui vint amicalement au-devant de Benjamin, et l'introduisit sous sa maison de toile.

— Soyez le bienvenu, mon cher compagnon de voyage, dit-il; je ne négligerai rien pour vous rendre le moins désagréable possible la punition qu'on vous impose. Vous partagerez ma tente et ma table; et, afin que vous ne manquiez de rien, je vous ai destiné un serviteur fidèle qui n'épargnera aucune peine pour vous servir.

Il frappa dans ses mains, et la charmante Gunima s'élança du fond de la tente, en habits d'homme. Les mains croisées sur son beau sein, elle s'inclina devant son maître avec un doux embarras.

— Dieu vous récompense de tout ce que vous faites pour moi, s'écria Benjamin en embrassant le capitaine avec une amitié mêlée de respect, et qu'il me donne bientôt l'occasion de vous prouver ma reconnaissance autrement que par des paroles !

~~~~~~

CHAPITRE VII.

L<small>A</small> caravane se mit en marche, et suivit les rives d'un fleuve superbe. La richesse de la flore africaine faisait de cette contrée un paradis terrestre. Les animaux nombreux de cette zone, l'orgueilleux bubale à la noble démarche, le gnou indocile, l'antilope des bois, les pigargues légères, aux cornes arrondies, aux beaux yeux et à la taille élégante, fuyaient en troupes immenses, cherchant un asile dans les montagnes ; le terrein semblait élastique sous leurs bonds prodigieux ; l'antilope avec sa barbe de crins, le koudou aux longues jambes, le zèbre rayé, la chèvre bleue à peau veloutée et l'antilope pygmée, cet animal mignon, paissaient au bord des chemins. Çà et là, quelques girafes colossales se montraient, semblables aux clochers qui dominent les cabanes d'un village, par-dessus des troupeaux de gazelles; mais, pacifiques et timides comme celles-ci, elles fuyaient, au moindre bruit, du galop le plus étrange, s'élevant sur leurs courtes jambes de derrière, retombant sur leurs jambes de devant, longues, sèches, et balançant leur énorme cou tacheté.

Benjamin, aussi surpris que charmé de ces tableaux mouvans, goûtait mille plaisirs à la chasse et à contempler la nature; et il avoua au capitaine que cette expédition lui semblait plutôt une récompense qu'un châtiment.

— Attendez à en juger, que nous trouvions des contrées moins gracieuses, répliqua celui-ci. Les déserts de karoos * sont autres que les bords rians de ce fleuve : la chasse du lion et du tigre est aussi moins divertissante que la poursuite des timides

* Glaise dure mêlée de sable.   (Le Trad.)

gazelles, sans parler des hassagaies des
Cafres et des flèches empoisonnées des
Buschimann.

— A vos côtés, capitaine, il me semble
que je n'ai rien à craindre, s'écria Benjamin plein d'ardeur et de gaîté; vienne le
danger, et nous verrons!

La marche continuait, et la nuit commençait à couvrir la terre, lorsque deux
Hottentots, qui avaient été en avant pour
reconnaître le pays, vinrent demander la
permission de donner la chasse à un éléphant qu'on apercevait dans les bois. Le
capitaine le permit. Les Hottentots de la
caravane s'assemblèrent, leurs krohs sur
le bras, et armés de leurs piques. Benjamin et le capitaine les suivirent à cheval,
leurs arquebuses chargées et appuyées sur
le pommeau de leurs selles.

Au moment du départ, Gunima s'approcha doucement de Benjamin, et lui
dit : — La chasse de l'éléphant est dange-
reuse, Baas; n'exposez point inutilement
votre vie; si l'animal rompt les lignes, vous
êtes perdu.

Mais le jeune homme fit peu attention à
cet avis dicté par une tendre inquiétude,
et galopa gaîment vers le bois autour duquel les Hottentots avaient déjà formé un
large cercle.

— Regardez, je vous prie, cette col-
line grisâtre qui se balance là-bas, cria
Benjamin au capitaine.

Celui-ci répondit en riant : — Vous n'a-
vez sans doute jamais vu d'éléphant? c'en
est un, en personne.

Benjamin, étonné, ne tarda point à reconnaître les formes de cette énorme montagne de chair et d'os, qui se berçait non-
chalamment sur les quatre piliers qui la
soutenaient. Le cercle des Hottentots se
resserrait toujours davantage, et ils s'avançaient de tous côtés vers l'animal, qui les
laissait approcher sans les honorer de son
attention. Enfin il se remit en route sans
donner la moindre marque de colère; mais
les Hottentots se portèrent en foule sur
son passage, et lui lancèrent tout d'un
coup une douzaine de leurs krohs sur la
tête. Ebloui et effrayé, l'animal demeura

immobile, et chercha, avec sa trompe, à se débarrasser de ces voiles incommodes. Une multitude de krohs vinrent de nouveau couvrir ses yeux, et un Hottentot plus hardi s'élança, et, se tenant suspendu à sa queue, lui enfonça un dard dans les entrailles. L'éléphant, furieux, s'efforça d'atteindre son ennemi; mais, aveuglé par les manteaux qu'on lui jetait sans cesse, il ne faisait que tourner sur lui-même en poussant des mugissemens effroyables. En ce moment, plusieurs chasseurs le percèrent de leurs lances. La rage de l'éléphant fut portée à son comble, et, parvenant enfin à déchirer le dernier voile qui couvrait ses yeux, il écrasa en un clin-d'œil trois de ses adversaires.

Benjamin crut alors qu'il était temps de prendre part à la lutte : il visa, et sa balle déchira l'une des oreilles pendantes de l'animal.

— Au nom du ciel, qu'avez-vous fait? s'écria le capitaine, qui se hâta de tirer à son tour et manqua l'éléphant. Ils tournèrent aussitôt bride, et partirent tous les deux ventre à terre. Mais, plus prompt que les chevaux, le monstrueux animal les poursuivit avec une effrayante agilité, pressant le sol de ses énormes pieds qu'il soulevait à peine. Sa rage semblait se diriger surtout contre Benjamin dont le coup l'avait blessé, et déjà sa trompe se levait sur lui, lorsque tout-à-coup l'éléphant s'arrêta, chancela et s'abattit, en poussant un terrible gémissement.

—C'est le doigt de Dieu! s'écria le capitaine pâle d'effroi et sautant à bas de son cheval; vous avez été plus heureux que sage, mais une autre fois abstenez-vous de tirer à contre-temps, si vous voulez que nous restions amis.

Les Hottentots se rassemblèrent autour de l'énorme cadavre, et chacun revendiquait pour lui l'honneur du coup mortel.

— Vous vous trompez tous, cria le capitaine en arrachant d'un œil de l'animal une flèche empoisonnée : nous devons la vie à un inconnu; si cette pointe venimeuse n'avait pénétré à l'instant même dans la cervelle, un trépas aussi subit était

II.   11

impossible, et aucun de vous ne s'est servi de son arc.

Pendant que le capitaine parlait ainsi, Benjamin se sentit doucement presser le genou ; il se retourna et aperçut près de son cheval la fidèle Gunima qui, avec une tendre inquiétude, lui demandait s'il n'était pas blessé.

Quelle fut sa surprise et sa joie en remarquant sur ses épaules un arc et un carquois rempli de flèches de Buschmann. —Gunima, dit-il avec émotion, c'est toi qui nous a sauvés?

— J'ai eu ce bonheur, mon cher Baas, répondit la jeune fille.

— Ma libératrice ! s'écria Benjamin ; et, se penchant vers elle, il la serra longtemps contre son cœur pénétré de reconnaissance.

Les chasseurs s'occupèrent à dépecer l'éléphant. Les belles défenses d'ivoire, ainsi que les pieds renommés comme un mets délicat, furent réservés au capitaine, qui suivi de Benjamin et de Gunima regagna sa tente, tandis que les Hottentots

arrachaient du corps de l'éléphant autant
de chair que le leur permettait la hâte de
rentrer dans le camp avant l'approche de
la nuit. Les ténèbres régnaient déjà lorsqu'ils arrivèrent, chargés de ces lambeaux
sanglans. Ils s'accroupirent à l'entour d'un
grand feu, et firent rôtir des morceaux de
viande qu'ils dévorèrent avec une in-
croyable voracité : puis ils fumèrent leur
dacha, et s'endormirent. A leur réveil, ils
recommencèrent à manger, et eussent
continué jusqu'au jour, si vers minuit le
repos général n'eût été troublé d'une
manière alarmante. L'odeur de la viande
fraîche avait attiré les bêtes sauvages des
environs; les cris de l'hyène, les hurlemens
du guépard et des chacals retentissaient
dans le silence de la nuit. Et tout-à-coup
des mugissemens sinistres, presque semblables à une voix humaine rude et mille
fois renforcée, vint couvrir tout ce bruit.
Les aboiemens des chiens cessèrent aussitôt; les chevaux et les bœufs tremblèrent
et cherchèrent à rompre leurs liens, et le
capitaine s'écria : —C'est le rugissement du

II.

lion! Il donna ordre aussitôt de faire cla-
quer autour du camp de longs fouets de
peau de bœuf, dont le bruit est plus perçant que celui des armes à feu, et Benjamin s'avoua en secret que de tels péle-
rinages avaient aussi leur mauvais côté.
Cette fois cependant on en fut quitte pour
la peur : les lions se retirèrent, effarou-
chés sans doute par les feux et le reten-
tissement des fouets. Lorsque l'aurore
parut, on ne trouva que les traces de
leurs larges griffes empreintes sur le sable, et l'on poursuivit sa route.

Les voyageurs aperçurent dans un riant
vallon des édifices en forme de fours et
rangés en demi-cercle, que l'on reconnut
aussitôt pour un kraal de Hottentots. La
caravane dressa un camp dans le voisinage,
et Benjamin se rendit avec Gunima dans
ce singulier hameau pour y enrichir ses
cartons de quelques nouveaux dessins. Ces
misérables huttes étaient construites de
branches d'arbres courbées jusqu'à terre,
garnies de nattes et de peaux de mouton,
et semblaient moins la demeure d'êtres

pensans que des antres de bêtes sauvages.
Le kraal était presque désert; quelques
vieillards accroupis autour d'un tas de
cendres gesticulaient vivement, levaient
les bras, puis les baissaient, puis les met-
taient en croix, et de temps à autre frap-
paient sur cette cendre, qui volait en
tourbillons, et ils chantaient d'une voix
claire : *Hei pruah prhanka , hei pruah
thei , pruah ha ,* tandis qu'un rire cordial
témoignait la satisfaction que leur causait
ce jeu spirituel. Plusieurs femmes présentaient, par-dessus l'épaule, le sein à leurs
enfans attachés sur leur dos, et des jeunes
filles, les jambes et les bras ornés de
bandes de cuir et de coquillages, le visage
et la poitrine frottés de graisse et de poussière de diosma, entourèrent avec curiosité Benjamin, qui lia conversation avec
elles par l'entremise de Gunima. Il apprit
que les hommes de la horde étaient partis
à la poursuite d'une troupe de Buschmann
qui avaient volé leur bétail. Les voyageurs,
altérés, demandèrent du lait pour se ra-
fraîchir, et aussitôt plusieurs femmes en

puisèrent dans une énorme outre de peau, avec une coquille servant de cuiller. Mais la malpropreté de ce breuvage en fermentation empêcha Benjamin d'y porter ses lèvres. Cependant en reconnaissance de leur bonne volonté, il fit apporter de son fourgon de l'eau-de-vie et du tabac qu'il distribua aux Hottentotes qui tendaient les mains en criant : *Tvac, tvac!* Elles s'assirent alors en cercle, remplirent leurs pipes, et aspirèrent gravement la fumée. Tout-à-coup, un sifflement aigu se fit entendre, l'une des filles sauvages tomba mourante, et les autres prirent la fuite avec des hurlemens affreux.

— Grand Dieu! s'écria Gunima, ce sont des flèches de Buschmann : fuyez au camp, Baas, ou vous êtes perdu.

— Laisse-moi, répliqua le jeune homme plein d'une noble indignation, en chargeant son arquebuse; je veux venger la mort de cette pauvre fille.

— Vous ne connaissez pas l'ennemi que vous voulez combattre, cria Gunima au désespoir et faisant des efforts pour l'entraîner; leurs dards sont empoisonnés, la plus légère blessure est mortelle. Rentrez au camp; hâtez-vous, je couvrirai votre retraite.

— Honte à moi si je le permettais ! dit Benjamin en repoussant sa fidèle compagne; et il s'élança vers le lieu d'où la flèche était partie. Il fut salué d'une nouvelle salve de traits, qui heureusement n'atteignit personne, et une vingtaine de Buschmann sortirent des taillis qui entouraient le kraal, brandissant leurs hassagaies avec des cris horribles. L'aspect de ces petits monstres maigres et décharnés, presque semblables à des singes, aux yeux obliquement fendus, enfoncés et farouches, qui brillaient de cruauté, aux visages hideux et contractés par la fureur, était effroyable. L'arquebuse de Benjamin, chargée de chevrotines, en jeta cinq sur la terre; les autres l'attaquèrent avec rage, et il ne lui resta d'autre défense que la crosse de son arme. Gunima combattait hardiment un couteau à la main. Ils n'auraient toutefois pas tardé à succomber

sous le nombre, si, attiré par le coup de
feu, le capitaine ne fût accouru suivi de
quelques-uns des siens. Les Buschmann
cherchèrent un refuge dans les bois.

—Je suis encore debout, cria gaîment
Benjamin au capitaine.

— Le ciel en soit loué! répondit celui-
ci; mais hâtez-vous de nous suivre, car ces
démons pourraient nous envoyer encore
quelques flèches.

Il avait à peine prononcé ces mots, que
Gunima tomba sanglante sur la terre.

— Grand Dieu, elle expire! s'écria le
jeune homme au désespoir.

—Si la flèche est empoisonnée, elle est
perdue, dit le capitaine. Il la prit sur son
cheval, fit monter Benjamin en croupe
d'un de ses Hottentots, et, partant à bride
abattue, ils rejoignirent la caravane. Gunima, évanouie, fut portée sous une
tente, et rappelée à la vie. Le capitaine,
qui avait sondé la plaie, s'écria plein de
joie: — Dieu soit loué! le dard est sans
venin.

Benjamin baisa avec transport le joli

bras blessé de sa fidèle amie qui, fixant sur lui des yeux pleins de tendresse, s'écria : — Ah ! Baas, quel plaisir j'aurais eu à mourir pour vous !

La vigueur de la jeunesse et les soins empressés de Benjamin achevèrent la guérison de la jolie Hottentote.

Cette aventure modéra l'imprudente témérité de Benjamin. Convaincu que chaque entreprise hasardeuse mettait en danger, non-seulement sa vie, mais une autre qui ne lui était pas moins chère, il se tint désormais toujours dans le voisinage de la caravane; et, lorque la chasse de l'antilope ou les devoirs de son emploi le portaient à s'en éloigner, ce n'était qu'avec une escorte nombreuse et bien armée. On avançait toujours vers le pays des Cafres. Bientôt on rencontra des familles de colons fuyant avec leurs enfans, leurs Hottentots, leurs bœufs et leurs chariots, pour aller chercher un refuge dans la ville du Cap. Le récit des cruautés exercées par les Cafres à leur passage, excita la terreur dans la caravane, et beaucoup de Hottentots attachés à la caravane disparurent successivement sans dire *tkabée**. Benjamin lui-même ne fut pas exempt de craintes, lorsqu'il remarqua que, malgré la bravoure du capitaine, celui-ci hésitait néanmoins à poursuivre sa marche, et traçait dans la nuit, sous sa tente, ses dernières volontés, qu'un messager fut chargé de porter au drossart d'un district voisin, avec la requête pressante d'envoyer du secours. Bientôt la flamme qui s'élevait des demeures abandonnées par les colons, annonça l'approche de l'ennemi, et les espions que l'on avait envoyés rapportèrent la nouvelle que ses forces ne consistaient point, comme on s'en était flatté, en quelques tribus peu nombreuses, mais dans une armée de plus de trois mille sauvages. La plaine ne tarda point à se couvrir de figures noires, qui s'apprêtèrent à dresser un camp sur les terres de la colonie. Le capitaine, qui devenait de plus en plus rêveur, invita Benjamin à se rendre sous sa tente pour conférer avec lui.

---

* Adieu. 　　　　　　　　(*Le Trad.*)

—La fermeté que vous avez montrée
en mainte occasion, lui dit-il, m'engage à
vous confier le péril qui nous menace. La
rage des Cafres est portée au plus haut
degré contre les blancs : sans doute, les
raisons ne leur manquent point ; la plu-
part de nos colons sont des êtres féroces
qui se croient tout permis envers ces malheureux sauvages. Qui sait quelles hor-
reurs ont nécessité de la part des Cafres
ces représailles ! Quoi qu'il en soit, il est
trop tard pour songer à la fuite ; elle ne
ferait que nous nuire en augmentant leur
audace, et ils ne tarderaient pas à nous
atteindre. Nous avons à peine quatre-
vingts hommes en état de combattre, parmi
eux, il se trouve cinquante Hottentots ;
et je ne réponds pas qu'au moment du
danger, ces derniers ne s'échappent, et
n'aillent même augmenter le nombre de
nos ennemis. Il est impossible de vaincre
à main armée, et ce n'est que par des arti-
fices inconnus de ces peuples grossiers, que
nous devons espérer notre salut. J'ai réfléchi
à ce projet. Quelques effets de physique

pourraient leur imposer ; mais les moyens
nous manquent, et si nous ne les frappons
par des phénomènes extraordinaires, ils
riront et de nous et de nos tentatives.

— Ne pourrait-on pas, dit Benjamin,
à l'exemple des Espagnols en Amérique,
mettre le feu à une certaine quantité d'es-
prit-de-vin, et menacer les Cafres d'em-
braser ainsi tous leurs fleuves ?

— Le conseil serait bon, dit le capitaine, si nous ne leur avions dès long-
temps fait faire connaissance avec notre
eau-de-vie. Nous n'avons pas non plus une
éclipse de soleil ou de lune, à l'occasion
de laquelle je pourrais jouer le Christophe
Colomb : je ne vois donc d'autre parti à
prendre que de périr les armes à la main,
s'il ne nous vient pas quelque idée salutaire. Faites vos réflexions; en attendant,
je vais charger nos pièces de campagne,
et mettre notre troupe en état de défense.
Il sortit. Benjamin rêvait profondément,
lorsque Gunima, qui avait tout entendu,
s'approcha timidement, et lui dit : —Baas,
si vous voulez ne pas vous moquer d'une

fille qui ose donner son avis sur un objet aussi important, je proposerai un expédient pour nous sauver.

—Seras-tu de nouveau mon ange tutélaire? dit le jeune homme surpris; et, pour écouter sa proposition sans être troublé, il la conduisit au fond du bois où la caravane était campée.

Les Cafres se tinrent encore tranquilles durant ce jour; quelques-uns vinrent seulement au camp demander du tabac et de l'eau-de-vie. Cependant Benjamin, ayant fait agréer au capitaine le projet de Gunima, s'occupait, à l'aide des Hottentots, de la construction d'une hutte dans la forêt, et d'autres préparatifs, dont on cachait le but autant que possible. Le soir vint, la nuit s'écoula, et l'aurore naissante fut saluée par le chant sauvage des Cafres, qui commencèrent leurs danses guerrières. L'armée sortit ensuite de son camp, et se dirigea vers celui de la caravane. Le capitaine, revêtu d'un uniforme brillant, entouré d'une garde de mousquetaires, marcha fièrement au-devant des sauvages.

Alors s'avancèrent trois chefs, distingués
par une houppe de cheveux et des ornemens de coquillages ; leurs formes nobles
et robustes, leurs yeux étincelans d'ardeur et de courage, leur maintien fier, et
surtout une demi-douzaine de hassagaies
que chacun d'eux portait à la main, firent
sur le capitaine l'impression que lui-même
avait espéré produire sur eux. Un Hottentot, déserteur de la colonie, servit d'interprète aux Cafres, et commença une
longue harangue, que le capitaine, remis
de sa surprise, interrompit par quelques
phrases latines, prononcées d'une voix
forte et avec l'accent du courroux, qui
étonnèrent les sauvages, précisément parce
qu'ils n'y comprenaient rien. Ils se regardèrent les uns les autres avec consterna-
tion, et le capitaine ordonna d'une voix
rude à son trucheman de leur demander
de quelle nation ils étaient, et ce qu'ils
prétendaient? Leur réponse fut qu'ils venaient des rives du fleuve Konap, pour
échanger leurs bestiaux contre le fer et
l'étain des fils de Jan-Compagnie. C'est

ainsi que ces peuples avaient coutume de désigner les Hollandais qui, afin d'inspirer du respect à leur simplicité sauvage, avaient fait passer la Compagnie des Indes orientales pour un prince puissant, nommé Jan-Compagnie.

Le capitaine reconnut la fausseté d'un tel prétexte; il feignit cependant d'entrer dans leurs vues, et, les ayant invités à s'accroupir sur leurs talons selon leur usage, il fit servir à chacun d'eux une portion de tabac, puis leur déclara que les fils de Jan-Compagnie auraient traité de bon cœur de la sorte avec leurs amis Cafres, si leurs provisions de métaux n'eussent été vendues à d'autres amis de la même nation.

Dès que ce refus eut été traduit aux sauvages par l'interprète, il ne leur fut plus possible de conserver leur politesse. Le feu de la rage dans les yeux, ils répliquèrent d'un ton moqueur qu'ils ne connaissaient aucun lien d'amitié entre eux et les Hollandais, que leur prince avait au contraire de très mauvais

enfans qui dévastaient les kraals, rava-
geaient les moissons, enlevaient le bétail,
tuaient les hommes et emmenaient en
esclavage les femmes et les enfans. Ils
étaient venus pour venger toutes ces in-
sultes, avec toutes les tribus des rives du
Konap qui avaient pris leurs hassagaies;
et ils pensaient rendre service au vieux
et respectable Jan-Compagnie, en punis-
sant ses fils dénaturés. Sur la question du
capitaine s'il devait considérer ces paroles
comme une déclaration de guerre, ils ré-
pondirent insolemment que, n'ayant aucune offense à lui reprocher, ils accor-
daient aux siens la vie et la liberté, pourvu
qu'ils livrassent tout ce qu'ils possédaient
d'armes et de métaux.

Le capitaine, prévoyant les suites fu-
nestes d'une semblable amnistie, prononça
ce discours avec solennité :

« Chefs des tribus du fleuve Konap,
« qui venez dévaster les terres de notre
« grand roi, vous essayez en vain de me
« tromper: la voix du Dieu des blancs
« est infaillible. Elle me dit que vous son-

« gez à la trahison et que vous n'exigez
« nos armes que pour nous égorger plus
« facilement. Je ne sais si votre Dieu vous
« permet une noirceur semblable : le mien
« en a horreur, et déjà son tonnerre est
« levé sur vos têtes. Vous comptez sur
« votre grand nombre; la victoire est tou-
« jours pour la justice. Mais, le triste sort
« de tant de braves guerriers me touche,
« et j'hésite à donner le signal de votre
« anéantissement. Je ne suis même pas
« éloigné d'une alliance avec vous ; mais je
« veux premièrement que les dieux du
« pays me fassent connaître quelle se-
« rait l'issue de la bataille. J'ai à ma suite
« une magicienne, née dans ce pays. Elle
« se prépare à interroger le Grand-
« Esprit. Venez, que nous apprenions sa
« réponse. »

Le Hottentot traduisit cette harangue.
Elle ne manqua point son effet sur les
Cafres, qui voyaient leur artifice grossier
découvert, et remarquaient à l'horizon
quelques nuages sombres. Ils s'entretin-
rent vivement entre eux, puis les trois

11..

chefs offrirent d'accompagner le capitaine, avec leur interprète et un vieux sorcier cafre, couvert de graisse et d'une couleur rouge, et chargé de bandes de cuir, de coquillages, d'anneaux, d'os et d'autres ornemens. Le capitaine les précéda vers la hutte élevée par Benjamin dans la forêt.

Leur entrée fut signalée par des éclairs; le tonnerre gronda sur leurs têtes; l'interprète et le magicien tombèrent la face contre terre avec des clameurs lamentables. Mais les trois guerriers promenaient autour d'eux des regards pleins d'audace, et semblaient défier les élémens. Alors Gunima s'avança, vêtue de draperies noires et flottantes; des os de mort pendaient à sa ceinture, et dans sa main elle tenait un bâton magique. Elle leur ordonna de se ranger autour d'un autel qu'éclairait une lumière placée dans une tête de mort suspendue au plafond; puis, elle traça autour d'eux un cercle d'hiéroglyphes lumineux, dont ils eurent soin d'écarter leurs pieds. Après les grimaces, paroles mystérieuses et gesticulations indispensables, Gunima s'arrêta tout-à-coup, et poussant un cri terrible, elle montra l'autel avec sa baguette. Aussitôt le tonnerre se fit entendre, et bientôt les accords d'une flûte succédèrent à ce fracas. La lampe s'était éteinte, et sur la surface blanche et unie de l'autel, s'offrit un tableau magique animé. On voyait le camp des Hollandais dans le bois, avec la tente du capitaine. Plusieurs Hottentots étaient occupés à creuser des fosses. Le capitaine, en riche uniforme, sortit de la tente principale et rangea en bataille une petite troupe de soldats. Bientôt une multitude de Cafres, armés de hassagaies, reconnaissables à leurs longs boucliers et à leur couleur noire, vinrent attaquer les blancs qui se défendirent vigoureusement. Le feu de la mousqueterie et du canon renversait des lignes entières de Cafres; et ce qui excitait surtout la terreur, c'était le profond silence qui régnait malgré le tumulte, la chute des blessés et des mourans. Enfin les Cafres prirent la fuite et leurs chefs furent faits prisonniers. Tandis qu'on jetait les corps morts de leurs soldats dans les fosses fraîchement creusées, ils furent eux-mêmes conduits près d'un bloc de pierre. Déjà l'un d'eux était à genoux et y posait la tête, déjà la hache était levée, lorsque le tableau s'évanouit. Les accords de la flûte se firent entendre de nouveau, les éclairs brillèrent et le tonnerre retentit; la lampe funèbre se ralluma, et Gunima, d'un mouvement de sa baguette, fit signe aux Cafres de quitter la hutte. Ils obéirent, consternés, hors d'état d'articuler une parole, sortirent de la cabane et allèrent tristement joindre leurs compagnons, auxquels ils racontèrent ce qu'ils venaient de voir, en poussant des cris pitoyables.

Alors le capitaine s'avança d'un air impérieux; il leur fit signifier par son interprète de quitter aussitôt le camp hollandais et d'amener au combat leur armée, ou qu'il allait les attaquer dans leur camp. La troupe entière se jeta à ses genoux et l'interprète traduisit les expressions de leur repentir, leurs prières et l'engagement de quitter pour jamais le territoire de Jan-Compagnie. Le capitaine feignit d'abord une grande colère; puis il se laissa fléchir, mais déclara que c'en était fait de leur armée, si, avant le coucher du soleil, elle n'avait disparu. Les sauvages se retirèrent, la tête baissée, et le soleil était encore sur l'horizon lorsque les hordes cafres évacuèrent précipitamment le pays.

— Vous avez épargné une grande effusion de sang, dit le capitaine en embrassant Benjamin; nous vous devons tous l'existence, et vous avez délivré d'un ennemi formidable les possessions de la colonie. J'en instruirai le gouverneur. L'état doit se charger de votre récompense.

— Si je m'étais acquis quelque mérite envers vous, répondit modestement le jeune volontaire, ce ne serait qu'un faible à-compte des immenses obligations que je vous ai. Mais le véritable objet de notre reconnaissance à tous est Gunima, puisque je n'ai fait qu'exécuter ce qu'elle avait conçu. Jamais je n'aurais eu l'idée d'employer, pour cette comédie, la chambre obscure qui me sert à dessiner les vues du pays.

En ce moment, arrivèrent les acteurs du spectacle donné dans la forêt. Les prétendus Cafres, enlevant leur fausse couleur noire, et frottant leur peau de graisse et de diosma, redevinrent des Hottentots. Tous accablaient Benjamin des témoignages de leur gratitude.

Gunima parut aussi, débarrassée de son attirail magique.

—Ma fille! s'écria le capitaine en volant au-devant d'elle.

— Ma bien-aimée! s'écria Benjamin en lui tendant les bras. Elle s'y précipita avec des larmes de joie; et les blancs, dans l'allégresse, oubliant tout orgueil de caste, s'écrièrent tout d'une voix : —Vive la Hottentote Gunima!

CHAPITRE VIII.

La caravane, dont le but principal était rempli, se mit en marche pour retourner au Cap. Elle rencontra le messager envoyé au drossart, qui rapportait une longue jérémiade au lieu du secours demandé. Quelques tributs Hottentotes, soumises à la colonie, excitées par l'avidité et les cruautés des Hollandais, s'étaient soulevées : renforcées par des Cafres, des Buschmann, des esclaves déserteurs, et même par des blancs échappés des prisons, ils avaient rapidement formé une armée, et s'efforçaient de surpasser les cruautés qu'on avait exercées envers eux.

Le drossart avait rassemblé toutes ses
forces pour marcher contre les insurgés,
et il avertissait le capitaine de ne point
traverser le pays occupé par cette troupe,
qui avait juré la mort de tous les blancs.
Le capitaine s'écria, en recevant ces nouvelles, qu'il ne restait malheureusement
d'autre passage que les grands déserts de
Karoos, si dangereux dans cette saison
brûlante. Benjamin, persuadé qu'il avait
éprouvé dans ce voyage le *nec plus ultra*
des périls connus, ne pouvait concevoir
les appréhensions du capitaine, ordinairement si plein de fermeté, et il se mit gaîment en route. Mais son courage commença à s'affaiblir, lorsque après quelques
journées de marche on ne trouva que des
huttes éparses, dont l'insupportable séche-
resse avait chassé les habitans, et qui
n'offraient aux voyageurs harassés de fatigue ni relais ni rafraîchissemens. Une
plaine sans bornes se déployait devant
eux. Le sol brûlé, semblable à de la brique
cuite, s'entr'ouvrait en larges fentes, ne
présentant nulle trace de végétation, hor-

mis des euphorbes desséchés, des mimeuses aiguës et des chardons gigantesques. L'horizon était borné par des monts chenus, et bizarrement découpés, dont les revers ferrugineux ressemblaient à un rempart d'airain. Le silence n'était interrompu que par les pas des troupeaux de zèbres, de couaggas, de chevaux sauvages, et par les cris des autruches au long cou, qui s'enfuyaient lourdement à la vue des voyageurs, en fixant sur eux leurs grands yeux stupides.

Déjà l'influence des privations se faisait cruellement sentir. Plusieurs bœufs de trait, exténués de soif et de fatigue, étaient tombés sur le sable, où l'on avait été forcé de les abandonner. En vain les malheureux voyageurs attendaient-ils le soir avec impatience, aucun nuage ne paraissait au ciel, et le passage de la caravane était marqué par les cadavres d'animaux expirés. A chaque relai, on était forcé d'abandonner quelque voiture avec ses conducteurs, et la société se vit réduite à cinq personnes : le capitaine, Benjamin, Gu-

nima et deux Hottentots. Les premiers
seuls avaient encore leurs chevaux, que
Gunima avait soutenus en se retranchant
la moitié de sa portion de lait de chèvre;
mais les chèvres aussi périrent d'inanition,
et les chevaux, privés depuis deux jours
de tout soulagement, tombèrent presque
ensemble morts sous leurs cavaliers.

Les malheureux voyageurs se virent for-
césde se traîner jusqu'à la prochaine mare,
où Benjamin, succombant à des fatigues
inouïes, tomba sans force contre terre. Ses
compagnons volèrent vers la mare, pour
apporter quelques rafraîchissemens au
jeune homme qu'ils chérissaient; mais les
rayons brûlans du soleil l'avaient tarie, et
son lit desséché était déchiré par de larges crevasses. A cette vue, le capitaine se
tordit les mains. Les Hottentots, après un
court hurlement, s'enveloppèrent dans
leurs krohs, et se couchèrent, avec une
sombre résignation, sur le sable, pour se
préparer au dernier sommeil. Gunima
seule, conservant sa fermeté, saisit le bras
du capitaine: — Vous connaissez le pays,

dit-elle, n'est-il aucun moyen de salut ?

— Il en est un encore ! s'écria le capitaine après un instant de réflexion ; puis secouant ses Hottentots pour les faire lever : prenez des vases, leur dit-il, marchez, l'un à droite, l'autre à gauche ; vous rencontrerez sans doute quelque source, fût-ce à une lieue de distance. Je vais à la découverte ; si je ne me trompe, nous ne sommes pas éloignés des bornes du Karoos.

Gunima resta seule auprès de son ami, étendu sur le sable, et le visage empreint d'une pâleur mortelle. Par ses efforts, elle réussit à le tirer de ce dangereux assoupissement. Il entr'ouvrit ses débiles paupières, et lui demanda d'une voix faible :

— Gunima ! n'as-tu point quelques gouttes d'eau ?

La triste Gunima leva les yeux au ciel, Benjamin la comprit, et retomba dans un nouvel évanouissement.

— Grand Dieu, il expire ! s'écria la jeune fille en proie au désespoir et saisissant un couteau pour le suivre dans la tombe

Mais tout-à-coup un sourire vint animer son visage ; elle avait imaginé un moyen pour étancher la soif de son jeune maître. Son bras gauche étendu au-dessus d'un vase, Gunima s'ouvrit une veine avec la pointe d'un couteau, et regarda avec joie couler son sang; puis elle banda sa plaie, éveilla de nouveau le jeune homme, et lui présenta ce breuvage, qu'il savoura avec avidité; car son gosier desséché ne pouvait en reconnaître la nature. Cette boisson le sauva de la mort, dont le sommeil léthargique était un avant-coureur. Appuyé sur le sein de Gunima, il goûta un repos fortifiant, jusqu'à l'heure où le soleil parut au sommet des montagnes. Benjamin venait de s'éveiller avec de nouvelles forces, lorsque le capitaine revint haletant de sa course, et se jeta par terre à ses côtés. — Je suis exténué de fatigue, s'écria-t-il; mais, Dieu merci, nous sommes sauvés : dans peu d'heures nous aurons atteint l'extrémité du Karoos. Là nous attend une source limpide dont l'eau m'a paru délicieuse. Je me suis fait les plus vifs reproches de n'avoir point emporté de vase, mais la sottise se punit elle-même : je meurs de soif, et, à ce que je vois, vous n'avez ici aucune boisson.

— Si vraiment, capitaine, dit Benjamin en lui présentant sa cruche.

Le capitaine but, fixa le jeune homme avec surprise, but de nouveau, et s'écria : — De qui tenez-vous ce vase ?

— De Gunima, répondit Benjamin montrant la jeune fille plongée dans un doux assoupissement.

— C'est du sang ! cria le capitaine en rejetant le vase avec horreur. En ce moment, son regard tomba sur le visage pâle de la fidèle esclave, sur son bras gauche enveloppé, et sur la lame sanglante du couteau resté par terre. Tout fut éclairci.

— Ange du ciel ! s'écria Benjamin avec transport, comment récompenser tant d'amour ? Il versa sur le sein de sa libératrice des larmes de tendresse et de reconnaissance.

— Voici nos gens, dit le capitaine ; et,

en effet, les Hottentots parurent avec des jarres pleines d'eau.

Gunima s'éveilla dans les bras de Benjamin, et se crut dédommagée de tous ses maux : une boisson fraîche la ranima, et la petite troupe se mit en marche.

—Terre! terre! crièrent-ils tous, lorsque les premiers arbres parurent à l'horizon du désert. Le capitaine se dirigea vers la source qu'il avait visitée.

—Si mes yeux ne me trompent point, dit Gunima effrayée, des Cafres sont assis autour de la fontaine.

— Non, dit un Hottentot, je vois des hommes de notre nation.

Mais, comme ils approchaient, un cri perçant retentit, et ils se virent assaillis par une bande de Hottentots, de Cafres et de Buschmann, couverts d'habits dérobés aux Européens. C'était un détachement de la bande insurgée que le capitaine avait voulu éviter en traversant le grand Karoos.

Les voyageurs n'eurent pas le temps de se mettre en défense; désarmés, garrottés, ils furent traînés vers la fontaine, où le

chef de la horde, dans un hollandais cor-
rompu mêlé de langue franque, qu'il parlait avec une extrême volubilité, fit à ses
prisonniers l'énumération des crimes commis par leurs compatriotes depuis l'établissement de la colonie; puis il prononça
leur sentence.

Les Hottentots devaient entrer à son
service, Gunima lui appartenir, et les deux
blancs avoir la tête tranchée. En vain, Gunima se jeta à ses pieds pour implorer
grâce; le chef repoussa durement la jeune
fille, et commanda l'exécution.

Le capitaine et Benjamin se dirent adieu
avec fermeté, tandis que Gunima poussait
des cris de désespoir. Déjà les bourreaux
étaient prêts, lorsqu'un jeune Hottentot,
décoré des marques du commandement,
perça les rangs des noirs, et ordonna de les
mettre en liberté. Le chef s'y opposa bruta-
lement; mais, après une vive discussion, le
nouveau-venu tirant de sa ceinture un poignard, le plongea dans le cœur du noir,
et l'étendit à ses pieds, pendant que les gens
de sa suite brisaient les fers des captifs.

—Tgamma! s'écria Benjamin en reconnaissant son libérateur.

—Mon frère ! cria à son tour Gunima ; et le capitaine, élevant vers le ciel ses bras libres de chaînes, dit avec émotion: — Un bienfait trouve souvent sa récompense !

CHAPITRE IX.

Ce fut dans un vallon de palmiers, d'où l'on voyait au loin la bleuâtre montagne de la Table, que Tgamma prit congé des voyageurs, qu'il avait escortés jusque-là pour les préserver de tout danger.

—Vos exhortations ne sont point tombées sur le sable, dit-il à Benjamin ; je le vois, cette terrible insurrection amenerait plutôt la ruine que la prospérité de mes concitoyens. Dans cette guerre d'extermination, nous nous déchirons les uns les autres comme des bêtes farouches, et le pays se change en désert, tandis que votre colonie se soutient par les secours de l'Europe. Gouka, Tgao et Karangaha sont mes

amis, et j'ai même assez de crédit près de
Koa, notre chef suprême. Je leur dirai ce
que j'ai appris de vous, et ils écouteront
ma voix; puisque notre pays nous re-
pousse, nous irons chercher un asile près
des Cafres. Là, les guerriers sont toujours
bienvenus. Si, à la tête de mes frères, je
marche un jour contre les Hollandais, et
que je porte le fer et la flamme dans la
ville du Cap même, il me sera bien douloureux de combattre des hommes que
j'aime et que j'estime, tels que vous et le
capitaine. Vos âmes sont celles de braves
Hottentots, et sans doute une erreur de la
nature vous a donné votre laide couleur
blanche.

Puis, s'adressant à Gunima : —J'emmene-
rais bien cette fille avec moi; mais je veux
qu'elle soit heureuse, et je la laisse près
de vous. Elle est d'ailleurs gâtée pour ses
compatriotes, et je la crois même assez
aveugle pour trouver votre couleur belle.
Vous paraissez vouloir l'épouser : cette
intention vous fait honneur, mais de semblables unions sont rarement heureuses.

Le mari de ma pauvre sœur pourra-t-il soutenir les regards dédaigneux de vos beautés d'Europe? Donnez-moi du moins votre parole de ne l'épouser que lorsque sa couleur sera aussi belle à vos yeux que la vôtre l'est aux siens.

Benjamin prit en souriant la main de la jeune Hottentote ; il sentait au fond du cœur que cette condition était déjà remplie. Tgamma embrassa tendrement sa sœur, dit à tous un affectuux *tkabée* et s'éloigna avec sa troupe.

Les voyageurs se rendirent au plus voisin établissement, où ils trouvèrent une société de colons assis sur de petits tabourets, la jambe gauche croisée sur le genou droit, le coude gauche appuyé sur le genou gauche, et de cette main soutenant le menton et portant une pipe à la bouche, la main droite occupée à empoigner la jambe droite ou par intervalle à prendre une tasse de thé sur la table. Ce ne fut qu'après mille questions pressantes, que les voyageurs purent arracher quelques nouvelles du Cap à ces personnages

dignes du pinceau du hollandais Téniers.
Benjamin apprit avec douleur celles qui
le regardaient de plus près.

Le vieux Van der Spuy, après le départ
de son fils, était devenu plus dur que jamais
envers ses inférieurs. Trois esclaves, poussés à bout par ses mauvais traitemens, s'emparèrent de lui, pendant la
nuit, le garrottèrent, et, moins inhumains
qu'on ne l'était à leur égard, se conten-
tèrent de lui administrer une légère cor-
rection. Après cette expédition, ils avaient
été joindre les insurgés, et le vieillard,
aliéné par la douleur et le courroux, avait
entièrement perdu la raison. Il se croyait
lui-même un esclave, et croyait voir dans
tous ceux qui l'approchaient un correcteur
armé du samboc, auquel il ne cessait de
demander grâce en tremblant.

A son retour à la ville du Cap, Benjamin rencontra le convoi funèbre de Van
der Spuy, dont un heureux coup d'apo-
plexie avait terminé sans douleur la triste
existence. Il suivit le cortège et versa des
larmes sincères sur le tombeau de l'auteur

de ses jours, qui, pouvant semer autour de lui les bienfaits et recueillir des bénédictions, avait manqué par un froid égoïsme le but sacré de la vie humaine.

Un mois après, Hébé Gunima, instruite dans les dogmes de la croyance évangélique, fut baptisée dans l'église de la ville du Cap, sous le nom de Christine. Le capitaine de la milice et le gouverneur furent ses parrains; après la cérémonie, le millionnaire Van der Spuy conduisit vers l'autel la nouvelle chrétienne pour y recevoir sa main.

Le pasteur commençait la cérémonie nuptiale, lorsque la belle Constantia, témoin du triomphe de cette rivale méprisée, s'élança de son siège avec fracas, et perça impétueusement la foule pour sortir de l'église. Benjamin remarqua ce beau visage, contracté par la colère, et, ramenant ses yeux vers Gunima, il s'avoua avec transport qu'il ne pouvait faire un meilleur choix.

Déjà le soleil qui avait éclairé ce jour de fête allait se cacher sous l'horizon, lorsque le jeune Van der Spuy descendit au jardin avec sa compagne. Arrivé près de l'if taillé aux armoiries de Hollande, dans le lieu où son destin avait été décidé, il rendit grâce au ciel qui, par tant de traverses, l'avait enfin conduit au port.

Comme il fixait sur sa jeune épouse des regards plein de tendresse, celle-ci lui demanda en souriant si la condition imposée par Tgamma était remplie, s'il trouvait aujourd'hui sa couleur brune aussi belle que lui semblaient alors la neige et le carmin répandus sur les joues de Constantia?

Benjamin pressant de ses lèvres la cicatrice que Gunima conservait au bras gauche, s'écria avec feu:—Ton sang ne coule-t-il pas dans mes veines, Gunima? Quelle parenté plus intime peut-il exister entre deux mortels? Ce lien de sang sera le gage d'un amour et d'un bonheur éternels.

Cette prophétie s'accomplit. Benjamin goûta durant sa vie entière, dans les bras de sa compagne, le bonheur de la voir chérie et honorée par tous ceux qui l'approchaient, blancs, noirs, ou cuivrés, quelle que fût la nuance dont la nature eût coloré leur épiderme.

FIN.